西瓜寮詩輯

【增訂版】

詹澈　著

再版序

■ 詹澈

　　《西瓜寮詩輯》從1980年寫至1995年左右，歷經
15年，於1998年由元尊出版社出版，至今要再版也隔
了12年。會再版是因為初版的元尊出版社早已停止營
業，而每次有人要用我詩集中的詩，常問我有沒有電
子檔，我就無從回答並感覺有點尷尬，因為我一直認
為用手筆寫詩是人類文學堅持的最後一種儀式，也是
最早的儀式。但我卻無奈的把自己手寫的底稿在近幾
年的搬家遷徙中不知放在哪裡，至今已找不到。而我
才學會用電腦打字不久，重新打字建檔對我而言是一
件艱巨的工作，於是我就問秀威資訊能不能再打字成
電子檔，或是將原書掃描成電子檔，秀威說可以，那
不如重新設計只印幾本試銷，視同再版，我欣然同意
了。這本詩集中後期的詩大部分發表在《中國時報·
人間副刊》，當時主編楊澤每隔一段時間就來電話說
繼續寫，終能集結近百首詩在元尊出版社出版。當時
元尊還特別選在詩人節以99元特價促銷，可惜詩集並
不很暢銷，不久元尊出版社就停業了。這次秀威資訊
再版，也只是說願意試銷，能不自費再版就好，我說。

　　我在《西瓜寮詩輯》之後又出版了詩集《海浪
和河流的隊伍》、《小蘭嶼與小藍鯨》、《綠島外獄

書》前後篇，並已完成《城鄉筆記詩》中的一部分作品，再回頭校閱《西瓜寮詩輯》，看到自己在語言與情感上的變化，有「恍如隔世」的感覺。從2002年開始至2009年，我幾乎每年搬一次家，在政黨與政治，社會與文化，在台東與台北，台灣與大陸之間來回奔波，為了生計，也為了兩岸在三農（農民、農村、農業）方面的互補互利，為兩岸的和平，或亞洲的和平、或間接提出建議對中國內地的農民生計盡一點心力（如2007年7月中國大陸正式通過實行具有基礎民主精神的專業農民合作社法）。這樣的奔波就和在台東生活了40年，與父兄用併裝車在鄉村載砂石蔬果，後來又在卑南溪公有河川地的西瓜園種西瓜，並在農會上班的生活截然不同。有時確也會想回去過那種雖然勞苦但較純樸安定的生活，然而因各種主客觀環境，因生計等問題就再也難回頭了。而其間沒有停下來，也沒被左右的是自己對詩的信念，如果沒有詩，或者一支吉他自彈自娛的弦音，或初淺的禪道修習，我就不能在匆忙紊亂的日子中保持心靈的澄靜，或者說保持自己的一點理想與熱情。對名利權位有時也會有幻想，那是因為對自己的付出，對理想要具體實現的執著，但因為還有對詩與文學創作的希望，也就能平衡或超然那一時的，人世的願望了。

　　儘管看著自己詩的語言與情感有著差別，但對於詩的口語化，詩應適合閱讀與朗誦的看法是沒有什麼差別的，在這個原則下詩盡可書寫時代社會、愛情、思想、生活、或與生命相關的內容，至於讀者會怎麼選擇與評價，就由讀者自己的審美觀，價值觀去決定了。

　　詩集再版，除原附錄李魁賢與古遠清的評論，增錄了沈奇、毛翰對此詩集初版時的評論。

　　　　　　　　　　　2010年冬寫於台北新店。

堡壘與夢土〈自序〉　　■詹澈

一、詩的郵差

《西瓜寮詩輯》前後寫了十五年。

三年前我父親就放棄了在公有河川地上種植西瓜的勞動，做個休閒的老農。他已七十三歲。河川地因為砂石廠挖陷，河流改道，河堤加長，河床經年累月沒有河水刷洗，滋生菌毒，西瓜無法連作，附近的生態也在變化中。就讓那些還有生機的河川地，和我父親一起休閒一段時間。我們的計畫在那裡灑些油菜花的種子，又美麗又可做綠肥，我們希望那些從北方來過冬，從出海口順道路過西瓜園停下來休息的鳥群，能成為常客。

十年前我在西瓜園看著河堤北邊空軍基地上的F一○四戰鬥機起降，那飛機非常沈重，每次起飛都必須怒吼或喘息，它是一種機械，為戰爭而準備的武器，是一種壓迫和龐大的陰影。那時斷斷續續的用小紙張記下一些片斷的句子，厚厚一疊早夠一本詩集的分量，但只整理成部分作品發表，大部分無暇整理，放了十年，再拿出來整理，才陸續完成這本詩集中的大部分作品。

在整理十年前的片斷句子時，就產生了有趣和尷

尬的,在文學與記憶,語言與情感的距離、矛盾和省思。那沈重喘息的戰鬥機,從堤防的水平線上飛起,在都蘭山腰的地方它向右轉,與卑南溪向出海口的方向平行向海。這個場景,我曾站在鯉魚山上看著,是遠距離的場景,西瓜園像一塊揉搓過又重整的稿紙,西瓜綠色畦條有著波紋和方格,父親蹲下來像一顆快看不見的石頭,或一個字,一個逗點或句點。那架戰鬥機彷彿沒有聲音,靜靜的,像一個音符,從都蘭山與卑南溪的中間升起,那卑南溪的河網像五線譜,那座都蘭山像黑色鋼琴。這樣的場景,在十年前,我忙著農會公務(百香果、甜菊、杭菊的推廣與加工),忙著農運,或在西瓜園的勞動中,實在無暇將它恰當的容入詩句,甚至認為那是無力的、奢侈的、多餘的。十年後再整理那時偶然記下的片斷字句,卻覺得它很美,有一種無形的力量在撼動心弦。除了農權、農務與勞動,它應該被納入,它應該是卑南溪與都蘭山、堤防與空軍基地、肉體與心靈,與大自然勞動的語言,做為一個詩人文字工(一個較專業的詩人),有義務用新的語言將它納入。

　　這十餘年的矛盾和省思,在看到描述拉丁美洲詩

人聶魯達的電影「郵差」時得到了一點舒懷。聶魯達的作品我是極喜歡的（依據陳黎翻譯的作品，其語言與風格比帕斯和希尼更貼近我），可他做為一個詩人的心路，於他得到諾貝爾文學獎的頒獎辭或詩集序文給我的啟示，還沒有這部電影生動。（大概在台灣翻譯的有關他的資料有限，但並非電影可與他的詩成就相比擬）。只因這部電影使我自覺了這十餘年來的心路。我從十五年前扮演著電影中「郵差」的角色（對於愛情被動木訥，對於革命熱衷投入，在農民與漁民間勞動串聯），從而轉換為看著那個郵差的生活的詩人。影片最後所呈現的，人們錄製群眾、郵差、風、海浪、海鳥、陽光和星星的聲音寄給聶魯達，那些聲音才是對詩人的深刻啟示，那些聲音的記憶似乎勝於文字書寫。我在影片結束時含淚坐在椅上，等著再次上映前，在黑暗如宇宙的戲院內悄悄離開座位，那短短的幾分鐘，幾乎有重新再走的感覺。

二、和平的詮釋

　　一九九六年一月下旬，我考慮了很久，終於排除萬難，接受陳映真轉達的邀請，至北京參加由中國社科院文學研究所、廈門大學台灣文學研究所、台聯會

所舉辦的台灣文學研討會。適逢海峽兩岸緊張時刻，但一場純學術性的文學研討會在密集的論文中和諧的進行著，我因為太匆忙無法提出論文，如寫這篇序文一樣的做了一些詩與心路的概述，但對於當時介論我的二古（古繼堂與古遠清）以他倆的評論者的看法，我被定位為「農民詩人」，我除了感謝他倆的知音，尚有一點不滿足，這大概是一個創作者與評論者間必然會有的距離，只因為我不想只是成為一個「農民詩人」，而是做為一個「詩人」，例如陶淵明與鄭板橋、佛洛斯特或里爾克、惠特曼與艾青、歌德或葉慈（如果我真的有那種資格和條件）。

那次研討會在夜晚的私人聚會中，難免談到海峽兩岸的局勢，深恐戰事一觸即發。在當時的談論中，我有了一種認識，即中國歷史上有九次的大一統都是用武力解決，世界的局勢還是以武力為主要後盾，新中國的執政者——共產黨的本質，在維護它認定的主權與領土時是不會放棄武力的，這不是文化人的主觀意願可以改變的。但我還是提出一個質疑，在海峽兩邊政權意識難於交集的矛盾中，在中國的歷史上，在二十一世紀，真的沒有「和平」的方式嗎？為了亞洲

與世界的和平，中國人應有智慧在社會主義和資本主義之間取得容合與容和。回想楊逵「和平宣言」的意義，他因「和平宣言」而入獄。儘管後冷戰的陰影還在延續，他終不會是「人民的公敵」。由楊逵我很難不提及呂赫若。

十年前當我第一次讀到日據下台灣文學小說作品《牛車》時還不知道作者是誰，該篇小說給我很大震撼（因為在四十年前遷居台東時，有幾年我父親就是以租來的牛車替人載貨維持家計），很想知道作者的生平而不可得。近年來文壇才公開討論呂赫若，並舉辦了呂赫若作品研討會，我才較清楚的認識呂赫若這個人，為了他的名字，我寫了一首詩〈赤桐〉。對他的詮釋，在台灣，和對於賴和、楊逵等人的詮釋，似乎都離呂赫若在世時很遠了，然而歷史卻又似乎近在眼前，似曾相識的迫在眉睫。我個人認為他們三人應屬左翼作家，此並無損他們在文學上的成就。

三、關於詩的影響

一九七九年我第一次讀到艾青的詩作，大部分是長詩的部分，例如〈大堰河〉、〈吹號者〉、〈雪落在中國的土地上〉還有眾多和太陽及土地意象有關的詩

句，雖然身在台灣，卻也能感受到中國的苦難和一個詩人對時代和人民的憂懼，還有那文學離不開爲政治服務的宿命。他的風格和語言於我而言相當親切，在我的長詩中像〈卑南溪四部曲〉、〈老劉的黎明〉應該可以看出一點艾青的影子。我認爲他在新中國建立的過程中，扮演了美國大詩人惠特曼的角色，若是沒有文革動亂的耽擱，他早該有那樣的地位。至九〇年代的大陸，大改革開放後，從社會主義醱溶資本主義（有中國特色的）城鄉遷變中，應該也會再出現大氣魄的詩人和詩作（新中國在抗戰、內戰、文革及最近的改革開放，都有著人口的大遷移，都應該有大詩人和詩作），現在是難得的時機。我在許多大陸詩刊中，這兩年才讀到一部分有關「打工仔」的作品，覺得還不夠好，大概是「後現代詩」過早的出現，而成爲一道煙障吧！我這樣說並非完全否定後現代詩的價值與地位，只覺得它有點像早產兒，還必須有特殊的環境加以呵護。

今年的四月，美國有一群人開著車，從東岸向西岸，沿途免費贈送詩集給大眾，沿著惠特曼走過的「大路之歌」的詩路贈送，爲了喚醒大眾逐漸模糊的美

國內戰以後確立的「美國精神」，為了喚回詩的教化，
就像鼓起生態環保運動一樣，讓在科技與自由經濟體
制中忙碌僵化、異化的心靈再生起一些淨水的漣漪。
我不知道他們那樣做的成果會如何，但我羨慕有人那
樣做。我個人也曾幻想過，沿著李白與杜甫走過的路
線旅行一次，沿途在樹幹、岩石、崖壁、碑、竹片上
寫詩、貼詩。那樣的旅行在大陸才有辦法實現。在台
灣，我只能以看著太平洋的波濤去替代另一種博大與
搏鬥。

　　記得一九九六年第一次遊長江三峽，在重慶和西
南師大中國新詩研究所的毛翰分手時，我自信的告訴
他我會寫一道好詩給三峽。船過姊歸夜泊，我在船上
看著屈原的故鄉燈火闌珊，時空的隔離與記憶的斷層
在空曠的星空中彌補起來，我一行詩也沒有寫，只是
感到空寂。到了武漢，也沒有寫什麼，在古遠清的陪
同下脫離旅行團，專程至武漢大學珞珈山，向詩人聞
一多的銅像敬禮。回到台灣，特別把李白的〈早發白
帝城〉再研讀幾次，用新詩發展以來的近八十年時
間，所讀過和記得的佳作中（包括台灣與大陸），與之
比較，能用如此少的文字寫出如此輕盈又宏偉，結構

完整又一氣呵成的作品，它仍是千古絕響。我努力寫三峽，終於放棄，不禁嚇出一身冷汗。驚覺新詩發展八十年來，將進入二十一世紀了，再過一百年，現代的新詩的未來會是什麼定義呢？八十年來新詩的定義在於用白話突破古詩形式上的韻腳與格律，並有標點符號的助腳，這是從詩經、楚辭、漢賦、唐詩、宋詞歷經二千五百年下來的形式和語言的演變，而終於沒有束縛了，而因此不知所措至今。真的是如此簡易的可以用一百年修為的新身推翻二千五百年的舊殼嗎？為什麼廣大的群眾在提起古詩時仍能理直氣壯朗朗上口（包括中國的領導人），而對新詩還是一副陌生茫然呢？有人不以為然，不以為憂，認為努力於現代就會是永恒，不能互相比擬。有人認為由於資訊媒體與科技進步，二十年可以取代二百年，那麼就讓時間去考驗新詩如何以新內涵和新語言取勝（例如以舒婷的〈神女峰〉比李白的〈早發白帝城〉）。

四、堡壘與夢土

　　一九九七年清明，我和吳晟夫婦一起去爬松柏嶺，在經過陡峭的階梯後，有一段較平坦的樟樹林道，吳晟突然停下來，表情嚴肅喘著氣問我，他近日

發表的作品到底好不好，請我一定要不客氣的說實話。我被他這突來的問語問住，必須停下來思考一陣子，我告訴他，在文字和語言上仍保持他貫有的質樸與口語風格，但在內容上強化了批判，因此在詩的質素上較淡了，好是好但不夠好。他說他是因為實在無法忍受生態環境被破壞而政客更加玩弄權術，用詩的形式表達，必須讓人看的懂才有意義。他質疑為什麼同樣寫農村和農地，我的作品在這幾年起了變化，有些讓他不懂，他似乎不贊成我的變化。

然而我的變化也並非出於偶然，早期的西瓜寮詩集作品（一九八一年左右）比較像吳晟〈吾鄉印象〉的風格和語言。至八〇年代以後，台灣城鄉的變化很大，距離模糊，政經結構也迅速變幻。媒體、科技、電腦的普遍，用原有的語言和文字，於我而言，已難於勝任表達。縱然非客觀環境的影響，我們也不會相同的。例如他長久居住的地方（也是我出生的地方），眼睛張開就是看到水稻，早晚聽的就是鄉親的語言，他一直都和母親住在保守的農村守著祖產。他是比較靜態的，比較有儒家色彩。但我不同，我童年就因八七水災離開了他住的村子，遷居更偏遠貧困但山海洶

湧的台東，大概有三十年的時間，家人都過著無產階級的流動與勞動的生活，在那裡，從小和原住民阿美族混居，和工人、漁民、榮民相處，又到台北竄蕩一段時日，又參與農運，那樣的足以用長篇小說容納的經歷，要用詩的語言表達，困難度相當高，怎麼可能不在語言技巧上要求突破呢？我們出生於同一地方，又都曾是屏東農專校刊「南風」的主編，又都是新詩的苦吟者，但卻像是同源於中央山脈的兩條河，分向東西兩邊各自入海。被陳映眞和余光中（鄉土文學論戰時對立的兩邊代表）都肯定的他，在古繼堂著作的台灣新詩發展史上佔有一定地位，卻也透露出對自己的創作力感到憂懼的訊息。不管將來論者會如何詮釋，這樣的詩的創作旅程，常使我從描述聶魯達的電影「郵差」想到了余秋雨《文化苦旅》中那篇〈信差〉中的那兩個信差。如果詩人是以筆傳達著人與人、人與自然之間最原始的密碼或語言，而在這個詩顯著落寞的時代，詩人會像那兩個信差一樣，時代的任務已經完成了？是否因為一時的疏失而被誤解了？或則爾至疲倦了呢？

對於科技和電腦網路開始規範了寫作的領域，在

文學上最敏感的詩的創作也將進入那個框框，但我還是習慣於用筆在稿紙上行走的姿勢，彷彿心血能演磨成筆墨。在百分之一秒的字句間，好的字句不應該受到字根如枝枒在思潮上的阻隔，電腦適合長篇的整理，最節省文字的詩不應再省筆工。未來也許還是詩的時代，未來人們會用最簡單的文字或語言和過去溝通。詩，也許是人類用手書寫文字的最後堅持，那筆跡與詩，那簽名與情感的跳躍。

在台灣，或則全世界，報紙文藝副刊逐漸被逼退，詩佔據著那被逼退的版面中的一小方塊。詩將會像一塊堅硬又神秘的殞石抵住人類在慾望中逐漸下陷的後腳跟，詩人寫詩就像戰士守著地球上最後的一座堡壘，詩人堅守著人間最純淨的一片夢土。就像在形如夢土的西瓜園勞動過，在西瓜園上浮出如碉堡的西瓜寮中寫過詩。詩和我，我和肉體、影子和大自然、石頭和西瓜，都以各自相同或不相同的語言和文字溝通交談，詩像陽火光、空氣、星光、風，它還在那裡，例如地球懸浮在空中，它隨時都在那裡。它像禪宗的公案，像佛經的偈語，像非常道，在東方，在堡壘與夢土上。而詩人在人間，堅守著最後的堡壘與夢土。

1998年春寫於台東

目次 ....■

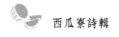

輯四　堡壘與夢土

輯五　雲的行識

輯六　附錄

輯一

風景畫

（一九八一～一九八四）

今天

村裏的兒童
在星期六下午，
一群，一群，
在瓜園裏撿拾不要的瓜果。
山邊，落半的夕陽，
驅散了多餘的雨絲。

今天，
是溪底瓜園大採收的日子。
無數的蜻蜓飛在瓜園的上空，
無數的蝴蝶停在瓜果的葉上。
今天啊，
是溪底瓜園大採收的日子。
我們聽著大商家漫天殺價，
我們成群討論西瓜價格。
我們要，
起來，
抗拒大商家無理剝削。
我們不再是未成熟的西瓜，
讓大商家任意敲打。

我們深深的瞭解；
有良心的商人，
是生產者和消費者
最好的朋友。
我們稱讚他。
和他協調合理的價格。

今天，
是溪底瓜園大採收的日子。
山邊，落半的夕陽，
驅散了多餘的雨絲。

一九八一年七月深耕雜誌第二期

昨天和明天

西瓜園裏，
深綠色的瓜葉，
總有脫落的一天。

但西瓜寮裏，
白底紅字的日曆，
總是忘了撕去「昨天」。

昨天拔草的西瓜園，
今天要澆水，
明天要施肥。

後天要噴藥，
天天要使西瓜活在
肥沃乾淨的土地。

天天要忙碌，
像所有忙碌的工人一樣，
我們這些伙伴。

時時嚼著檳榔，
在冷風刺骨的溪底，

在夜晚。

在聽得到水聲的瓜寮裏，
看著山腳的燈火，
聽山風吹來嬰兒的哭聲。

聽遙遠傳來村巷裏的狗吠。
草隙間閃著星光。
我們，蹲坐在西瓜寮裏。

在花生與米酒的熱氣中，
微醉著……
總是忘了談論「明天」。

明天
也許穀價會像地皮一樣高漲？！
借貸的款會像溪水一樣免了利息？！

也許，地租水租可以不必繳了？！
汽油可以當成自來水？！
也許……

明天的事，

在我們的酒意中，
像昨天一樣，
懶得去想了……

像昨天一樣，
在睡覺前，
罵一聲幹伊娘，
罵在嘴上，苦在心上的
睡了……

　　　　　一九八一年七月深耕雜誌第二期

苗根與苗頭

我們是伸長了根的西瓜苗，
在灰黑鬆軟，
乾燥陰冷的沙地裏，
用細緻巧工的根尖，
探索地殼的空隙。

往下探索——
撫觸被歲月雕塑過的，
不曾在洪水中順流而下，
默默被沙土埋沒，
天性耿硬的石頭。

我們是探出頭的西瓜苗，
在垃圾和牛糞滲合的堆肥中，
在陰黯與污穢的反面，
我們的苗頭，
終於看見了光亮。

用向上的意志，
以向上的力量，
終於看見那千年不變，

堅毅、固執的
被晨曦拉長的農夫的身影。

　　一九八一年八月大地生活雜誌創刊號

蒼鷹與蒼雲

蒼鷹，
在卑南溪的上游，
一個荒黃的山頭，
獨自傲翱……

像一個凶暴恣恣的君王
仗劍怒目，睥睨天下，
隨時想要捕抓，
一隻無辜的
到處覓食的小雞

蒼雲，
在卑南溪的下游，
一片荒石沙地的上空，
迅速聚集……

像一團黑旗的天兵，
燥悶地等待一聲宏大的號令，
隨時要對著烈日下，
喘息、癱萎和昏睡的西瓜苗，
灑下及時的長雨。

一九八一年八月大地生活雜誌創刊號

這年頭啊

立春，
雨把姿勢放軟了。
紫黃色的山脊，
已點起叢叢綠意。

深藍敷著黑氣的樹林，
在風雨中左右搖擺，
像沉重的水牛，
從水中走來⋯⋯

晨曦閃在樹林的上方，
也照亮了水中的牛兒，
逐漸清晰的條條樹梢，
像牛背上豎立的牛毛。

熬過霜寒的瓜苗，
像學會站立的嬰兒，
攢頭——
向前爬進。

我們，在西瓜寮裡，
眉頭，

像剛鬆開的黑雲，
又聚攏起來⋯⋯

又聚攏起來，
我們，討論著我們自己，
討論肥料和農藥的價格。

討論水源的分配，
討論工資⋯⋯，
討論⋯⋯

這年頭啊！
我們都在趕標過春的錢會。
趕著建一間住宅。

想著為當兵的兒子作媒，
想著⋯⋯
做田的人真難娶媳婦呀。

想著⋯⋯
這年頭啊，
能安定的活下去就算了嗎？！

想著……

竟不禁的罵了一聲幹伊娘。

一九八一年作品

日輪和月輪

日輪啊，
射出狠毒的陽光，
刺軋著他的額頭，
他的額頭布滿深深皺紋，
──像一條深深犁溝

一條條深深的犁溝，
剛種過甘薯和玉米，
──這一片又年輕又乾淨的沙地，
他想再種花生，
又想著……

他是西瓜農呀！
十一月，
入多前，
要在那布滿纍纍石頭，
延伸於山腳的溪底，
趕種一季西瓜。

月輪啊，
灑下溫柔的月光，

這是他休息的夜晚了，
聽不到他勞動時急促的喘息，
他是日輪刺軋不死的西瓜農。

在滾動著水聲，
和瀰漫霧氣的夜晚，
任憑尖銳的風沙，
在西瓜寮外呼喊
那威脅性的，
西伯利亞寒流帶來的
霸道的口號。
他仍是，
天未亮就活動於溪底，
日輪刺軋不死的
善於觀測老天的臉，
卻不善偽裝自己的西瓜農。

一九八二年三月暖流第三期

支票和神符

泥沙吸乾了我們摘下的汗水，
泥沙吞食了我們施下的化肥，
泥沙也將報答我們，
以一粒粒成熟的西瓜。

日子在收成的期待中，
不經意地過去。

每當那老天，
現出不悅的臉色，
醞釀一場大水的來臨。
瓜農中憂傷的老婦人，
便持香拜著上天。

日子在祈求中，
不經意地過去。

不經意地，
吸吮著鄉婦碩實的乳房的嬰兒，
已經長大。
吸吮著我們辛勞的汗水的西瓜，
已經成熟。

我們在沈重的貸款下喘息著過活。
要等到收割了瓜，還清了債，
才睜開欣悅的眼睛。

然而，在中間商轉售的過程中，
從遠方開過來的一張支票，
在我們瓜農心裡，
總是不比門板上的一張神符，
更叫我們信服。

我們，不很認識字的西瓜農，
能認識是人，
就該以誠相待的道理。
能看清自私或公平的交易。
懂得神符即使不靈也無大害，
卻永遠搞不懂；
充滿著機詐，
可以倒人田園厝宅的
那張遠方捎來的支票。

一九八二年四月暖流第四期

商標和影子

不忍瓜苗垂頭喪氣，
不願自己栽培的血汗枯萎，
我們，一大早，
去遠方引水。

穿過那一大片比人高的蘆葦，
和一大群比人高的石頭，
我們，
去遠方引水。

日色，
從草笠的間隙，
窺視
我們憂愁的臉。

偶而飛過上空的鴿子，
伸展翅膀平滑斜行，
好像畫在廣告裡的商標，
又像帶來真正和平信息的使者。

我們，
去遠方引水回來，

走在水堤上，
哼起不知名的歌謠。

我們的影子，
緊緊地跟隨黎明，
又被落日照得長長。
我們去遠方引水回來。

　　　　　一九八二年五月暖流第五期

早啊，吃飽了沒？

「早啊，吃飽了沒？」
每天清晨，
我們向鄰居問好，
向遠方來的伙伴問好。
「早啊，吃飽了沒？」
充滿安慰和希望。

「早啊，吃飽了沒？」
是中國人最親切最古老的語言，
是一天勤勞工作的開始，
昨日生活的疲憊、挫折、憤怒都已過去。
「早啊，吃飽了沒？」
我們交換著內心說不清的溫暖。

儘管還得去趕播一些稻子，
還得給金門當兵的兒子寄多衣，
當我們相見──
「早啊！吃飽了沒？」
我們內心有說不清的溫暖，
昨日生活的疲憊、挫折、憤怒都已過去。

一九八三年四月文季一卷一期

風景畫

這是一幅，
無價的風景畫。
任憑商人用支票或現金，
也無法買到的風景畫，

當我們依著晨曦，
彎腰挪開濃密的瓜葉，
摘取一粒粒碩大的西瓜，
排列在腳邊。

當我們拋上西瓜，
挑瓜的人順勢接住。
晨曦亮在西瓜上，
晨曦閃進我們斗笠的空隙。

我們擺好竹籃和扁擔，
蹲下去，
挑起一擔擔沈重的西瓜，
沿著湛清的小溪走。

沿著長滿蘆葦的碎石路走，
有的打赤腳，有的穿布鞋，

輕快的步伐，
濺起了路上細細的碎石。

越老越堅韌的扁擔，
吱吱的響著。
我們的肩，
也越老越堅韌。

我們的腿，
因長期勞動而略為彎曲，
但我們的心眼，
卻是直的啊。

當天邊的一輪夕陽，
勞動了一日，
像採收少女紅撲撲的臉，
我們走在回家的路上。

當夜色在山峰罩上黑紗，
我們成排的走上河堤，
哼起調笑的、不知名的歌謠。

啊！這是一幅，
任憑商人用支票或現金，
也無法買到的風景畫。

　　　　　　一九八三年八月文季一卷三期

蹲和站

中午,
我們蹲在西瓜寮裏吃飯,

筷子和湯匙,
敲在鋁製的飯盒上。
「叮叮噹噹……」
像聽到溪水急拍向石岸。
我們聽著,清脆又迅速的,
勞動後,
餵飽飢腸的音樂。

我們蹲著,
從寮窗看到藍天,
有一片白雲,
正躺著看我們的蹲姿。

用報紙包起飯盒,
吞吞口水,
我們滿足了……

下午,
我們給每株瓜苗施肥,

我們的腳步，
踩著瓜苗與瓜苗間，
同等的距離。

我們踩著習慣性的步子，
走著……
手酸了，腳麻了，
停下來。

我們站著，
攏頭看看藍天，
有一片雲，
正躺著看我們的站姿。

　　　　　　　　一九八三年八月文季一卷

日升月落

「攫頭看看我呀！
攫頭看看我」
東方的朝陽，
向初生的瓜苗，
炫耀他火焰似的權柄，

並且，逐粒
征收瓜苗上的露珠。
好像豪強在征收，
乾淨的
窮人血汗。

「攫頭看看我呀！
攫頭看看我」
溫柔的月光，
向初生的瓜苗，
流露出母親似的恩慈。

並且，在瓜葉上，
塗抹晶瑩冷冽的露珠，
好像慈悲的老僧撫拭
乾燥的

窮人的眼淚。

這樣，日升月落，
我們照顧著瓜苗成長，
像照顧著自己的嬰兒。
我們用粗糙的雙手，
溫柔的照顧瓜苗成長。

我們，不斷勞動和休息，
被烈日、熱沙，
征收了血汗。
被月華、清風
撫慰了疲憊的心身。

我們，有人是
窮人中的窮人。
我們不怕豪強，
征收我們的血汗。
我們不會流出
卑屈的眼淚。

一九八三年八月文季一卷三期

聲音

躺在木板上，
抓一束稻草當枕頭。
睡著……
腦後窸窸嗦嗦傳來；
稻草被壓扁的聲音。

今夜，
我守著偷瓜賊。
刀棍放在牆角，
手電筒裝妥電池，
我豎起耳朵傾聽……

西瓜寮外，
遼敻星空下，
廣漠沙地上，
粗獷而結實傳來；
抽水機噠噠的聲音。

從抽水機龍頭抽起，
急速奔竄的水流。
順著三英吋水管，

從一公里外傳來；
嚓嚓嚕嚕的聲音。

水勢漲滿噴水帶，
激射出串串水花。
在月光下碎散，
如雨點傳來：
沙沙的聲音。

瓜苗在地下蔓延根鬚，
迅速吸收灑下的水分。
經過莖葉疏導，
靜靜傳來；
瓜果長大的聲音。

靜靜貼聽，
瓜果長大的聲音；
細胞在分裂；
皮網在擴散；
種子在變色……

生命，在成長……

嬰兒在村婦懷裏，
吮著乳房安眠。
星空似乎在膨脹；
夜幕正褪去——

今夜，
我守著偷瓜賊。
守著一股力量，
豎起耳朵傾聽；
狼犬因有所警覺而狂吠的聲音。

一九八四年八月三日自立晚報

雨絲和雨絲

細細的、細細的，
雨絲和雨絲
斜斜的空隙裏，
夾帶刺眼的沙。

斜斜的風裏，
夾帶山谷的水氣。
蘆葦和岩石，
潮溼著……

卑南溪，洶湧地，
滾流著黑藍色的水。
都蘭山，孤寂地，
袒露紫黃色的山背。

太平洋刮起季節風，
我們，
在陰冷的風雨裏，
流著燠熱的汗……

我們，
時而揮揮臂膀，

掀起斗笠，
低頭擦汗。

被夕陽輝映的背影，
恆久地服貼在
無言的、廣大的，
溶烙了無數腳印的沙地上。

沙地上、沈靜地，
一間間草黃色西瓜寮，
蹲臥在灰黑的山腳下，
像一隻隻收斂了觸鬚的蝸牛。

細細的、牛毛的，
雨絲和雨絲，
斜斜的空隙裏，
夾帶刺眼的沙。

一九八四年八月二十四日自立晚報

蝴蝶和好年冬

白蝴蝶，黃蝴蝶，
在菜園游蕩。
絲絲的晞光，
隨蝶翅上下飛揚。

這田園風光，
這彩色的波浪。
彷彿春在喧嚷，
彷彿春波蕩漾。

但這不是，這已不是「美」，
這是農家的災難。（註）
蝴蝶下蛋在菜葉，
白菜甘藍要遭殃。

三天五天噴一回，
為了殺蟲日夜忙，
吊絲蟲的「天威」，
使菜心菜面成網。

小孩放學捕蝴蝶；

看見蟲兒用手捏。
人力不足的農家，
不得不用好年冬。

為了生態自然，
不捕捉蝴蝶？
為了生產，
連蛋都要消滅！

為了蔬菜白又胖，
為了消費者的肚囊，
為了短視的中間商，
不得不用好年冬。

白蝴蝶，黃蝴蝶，
在菜園遊蕩。
好年冬，好年冬，
殘毒在血液裏污染。

註：每年春夏，全省葉菜類都會被吊絲蟲嚴重侵害，
平均三天五天要噴一次農藥，有些缺德的農民，為了

省時省力，用含劇毒，殘留時間長的好年冬對付吊絲
蟲。

一九八四年六月二十九日自立晚報

輯二

子彈和稻穗

（一九八八～一九八九）

蹲下來談一談

走在西瓜園
一步一步計算
畦與畦、株與株的距離
偶而停下來
總會不經意想起
左與右的問題

商人來了
他伸出右手
我伸出左手
彼此詭異的笑一笑
拍拍肩，請根煙
然後蹲下來談

這是可以談一談的時候了
譬如肥料價格與進口關稅
譬如黑皮、白皮、綠皮的西瓜
或黃肉、白肉、紅肉
──或是人，人與人，南與北
　　民主和革命

蹲下來，有誠意的談一談
陽光與陰影、此岸和彼岸
你與我，我和他
左與右的距離
或許會在彼此的胸前逐漸縮短
然後逐漸消失
然後──還得站起來
左右擺動的向前走

一九八八年自立晚報

老鷹和燕子

不知來自何處那隻老鷹
在山頭和雲層盤旋
一隻燕子不知要飛向何方
時而剪接水面和青天
（我站在西瓜寮門口觀望）

弧形的飛翔
和斜裡帶刺
在同樣的天空
有不同身姿
（我站在西瓜寮門口觀望）

在同樣的雲層
有不同顏色
在同樣的臉孔
會有不同表情
（我站在西瓜寮門口思考）

在同樣的種族
會有不同制度
在同樣的制度

也會有不同思想、主義和信仰
（我站在西瓜寮門口思考）

雲層善變多彩
是因為有不變的陽光
人類不同思想、主義、制度和信仰
是為了靈魂一致向善
（我站在西瓜寮門口觀望）

老鷹和燕子還在空中飛翔
偶然交會成剎那的一點
夜色輕罩四方
在那一點的上面
出現了我嚮往的星星
（我站在西瓜寮門口觀望）

一九八八年十月十二日自立晚報

綠色和紅色

西瓜寮裡
殘掛著一九八五年的日曆
那三月是綠色的
已撕開的一九八八
在寮窗邊被風吹拍
那紅色的字是五月

遠方，綠色山坡
有一條條被雨水沖涮的
紅色爪痕
綠色的西瓜葉上
麋集著點點
紅色病斑
綠色西瓜裡
充滿紅色肉汁
綠色……紅色

綠色的理念會成熟為紅色的思想嗎？
綠色革命後才加速了紅色革命嗎？
綠色……紅色

被風吹拍的日曆
三〇一……三一六、五二〇
像影幕一樣掠過去——
那條母親去世前
常用來包斗笠的頭巾
綁在搬運車紅色的車架上
看起來像一面旗子
那被綁的旗子
在風聲中
浪一樣的翻開了

子彈和稻穗

打靶的部隊走遠了
山壁更加乾黃而顯出空寂
彈孔重疊彈孔
一排排受傷的眼睛
像下垂的稻穗
用疲倦與悲哀的眼神俯視
山腳下
一群小孩忙著撿拾彈殼
河水靜靜流過
隔天的黃昏
他們賣掉彈殼
回到剛收割完的稻田撿拾稻穗
槍聲又響在山谷
夕陽沈下山凹了
那原住民的村落
點起夜晚的燈
（我站在西瓜寮門口觀望）
且思考一種在人性空間裡
難解的方程式
即子彈和糧食

經過小孩純真的雙手
在成人的世界裡
往往變成權慾、戰爭與飢餓

一九八三年三月九日自立晚報

輯三

翡翠西瓜

（一九九四～一九九八）

碉堡

被黑夜用黑布蒙上的山頭
露出碉堡的眼眶
是誰在裡面點了蠟燭
明滅的星光彷彿遲來的消息
吵醒了眼眶裡的眼神
——她注視著
東海岸的雲層正翻捲魚鱗
肚白的曙光毗連粉紅的魚刺
海防營區吹響號角
聲音浪傳幾個原住民村落

晞光沿著土黃的小路走
她丈夫的背影永遠在她前面
穿著日軍的軍服走下山坡不見了
又戴上國民政府軍的白徽帽
然後是共軍的他如今是共夫
她用蒙著臉的農婦的覺望——
那碉堡
遠看像土崙
近看似無碑的墓（曾經刻上他沒有姓的名）
四周的颱風草
努力生長了五十年

還細小如塚上的時鐘草

現在碉堡所監視的東海岸
似乎不會有敵人了
他留給她的土地
已被新資本悄悄佔領
不用子彈沒有硝煙
那蒙著臉的農婦
在自己賣出去的土地上
收穫著不值錢的紅玉米

被整座山俘虜的碉堡
還以頑固的姿勢和理由守衛東海岸
但新資本的合約書充滿美麗的動詞
即舊時代的軍勢力請退潮吧
於是碉堡便老邁吃力的傾斜肩膀
雙眼布滿青苔的魚尾紋
看著山下浪潮飛舞的泡沫
正映照七彩的幻夢
和爭食的海鳥們戲潮

一九九四年六月二十六日中時人間副刊

翡翠西瓜

　　翡翠西瓜據聞爲故宮國寶，琢於何朝盛代待考。唯南朝偏安歌舞昇平，北梁爍金爲寺亦無功德。至國共內戰輾轉流落，過宋氏垂簾繡手，今伊西出陽關，不再顧盼，終將不知何處……。

想用最平白的語言
（像對著已過身的不識字的母親說話）
想用最簡單的文字素描翡翠西瓜
（像在像貝殼像貝葉的西瓜葉上寫象形文字）
想在觀注中
浮現那個朝代的剪影
然而煙雨和硝煙
從眼、從耳、從鼻入侵
（我坐在西瓜寮的板床上
讓黑暗印證黑和夜本是一體而不同性）

太陽白色時從東方進入眼界
紅色時遍照至天邊和眼角
但黑色眼珠的中央
在最黑暗的黑暗處
它吸取又放量星的光能

（我坐在西瓜寮的板床上
想如何遮住侵犯的人世燈光
想更清楚的見那最遠最遠
難以億計難再現的星）
然後——
我呼口氣緩緩站起
倚在門口，看著西瓜園
一粒真實，真實的西瓜
不知不覺已經長大
汗水和心血所澆灌了的
那細細網絡好像經緯
網住地球上未成熟的紅色
綠色果皮已褪盡絨毛
眼前正在成長的圓
無需歷史辯證法則
無需人性解析
在月色下發著微微的光亮
早已是個存在
但另一個被雕琢的影子
翡翠西瓜

曾經擺置宮廷角落

留連在閒人的眼光餘波

從烘托的光圈中

人們認真識假認假識真

在翡翠、綠玉和瑪瑙的界中徘徊

豈知

那雕琢的原始勞動者以他的苦行

用完美的完成舒解生存的飢渴

藍、綠、赭、黛、靛、紫的交織色彩中

是否有那麼一點鮮紅是他的血

有那麼一點白晶是他的淚

時間凝固在那點上

空間縮小至極肉眼所現

是一粒原子或至介子

因力而有光譜

而有七種慾望的形式

那些終將被擺置在二十一世紀的拍賣場上

真實的和真實中的假相

都歸類為物化後異化的商品

世界財富南北不均但暫時堆積

在一個角落蘇富比
在那裡人們可以用嘴叫喊一個數字
可以交換地球的元素錦繡河山的結晶
和人的靈魂
紙，可以交換黃金，但
包不住火、慾望和肉體

那真實的和真實中的假相
終將在時空下解構敗壞
試看那翡翠西瓜
烙印了歷代帝王的手紋
他們的愛憎交織成那細細的
肉眼看不見的網絡
還有那勞動者的苦行所留下的雕痕
還有那文字所記
看得見與看不見的都不再有時
只剩下那駐留的一點星光
在翡翠西瓜的體內游離
在它原本是礦的那座山上放量

一九九四年九月二十日中時人間副刊

篝火相映

冬季裡早到的暮色
帶著酡紅的眼神
從剛剛還是藍色的海上走來
她挪移裙襬
掩沒了河裡雲的腳印
遼夐著溪床由白泛黑
黑至山谷深處

此時，我總是遲遲不肯回家
總是喜歡蹲下來生起篝火
在溪邊
總以為可以傳遞一點溫暖的信號

蹲下來了，溪邊的樹和樹影
蹲下來吧，河岸的山和山腳
和我一起等待
等待火光會停在那裡被捉住
我和影子
都變成地底煤塊
綣縮在礦渣中
感覺火光不動但有熱度，如手溫

緊鄰髮梢從皮膚傳導至地心

然後，如胎息測度磁場
地球旋轉的季風
被海洋分化成路線
沿著山谷切割山脈摺疊有序
百里長那些浪草翻飛成髮
飆風就煽動了肉體的火種

但我還是要蹲著守住一堆篝火
火光款步走過溪對岸
情慾就升起她的姿影
——酷似那戶人家的女兒
（我始終問不出她姓名
只知大學畢業不想結婚
有原住民血統）
她隔著溪河
在對岸也生起篝火
和她母親不知煮著什麼
（類似玉米和麻油）
色、聲、香、味踏著月色渡過溪來

看不見她們在談論什麼
看不見飢餓開始和情慾糾纏

我用搖擺的火舌和影子爭辯
不承認自己
抵擋她的歌聲很久了
歌聲溶入溪水漂過岸來
歌聲溶入篝火和眼色

同時抵擋著自己歌聲的
是時來時去飢餓升起幻想革命
是火要走在水上那永恆的意識形態
是我用無產階級的勞動和思考很久了
使我疲倦……
使我必須蹲下來
在夜色初臨時就生起篝火
且不清楚是等待還是拒絕
對岸不斷傳來她陣陣歌聲

歌聲引來雨絲和風片，合聲低八部
聽起來有黏性像聖詩或梵唱

我繼續試著用這歌聲異化的矛盾
再溶解意識形態的矛盾
如水溶入於水
如水止於火
火止於灰燼

　　　　一九九五年一月六日中時人間副刊

火光中的飛絮

有一天夜裡，我在西瓜寮門口
試著以鑽木起火
想用起火的火升起篝火
讓火和木頭
最後都消失在灰燼裡
讓灰燼和體內埋藏的火星
起於風也消失於風
可是
我沒有成功的鑽出火舌
因為我疲倦

又因為我不想疲倦
有一天中午在河邊
又撿拾兩顆石頭
它們像山掉落的臼牙
想用它們摩擦咬出火花
但我還是沒有成功
因為迸散的火星立刻被陽光溶化
例如很多記不清的念頭
它們像髮梢枝枒
隨季節變換而落葉無蹤

而今天，在不經意的期待中
竟看見了火起於無名
和火光中飛絮的餘燼
起火的原因
是河對岸崖壁的鏡面
被冷靜的太陽光束碰撞生熱
火花誘惑火舌
以人形的四肢
和野火的姿勢
撿食一大片離離荒草

紅光中布滿黑色微粒
我看透太陽黑子一粒粒膨脹
風正等待風熄止
此時——
白天和黑夜都同時靜下來
寂靜至寂
從四面八方浮起飛絮
山茼蒿和菅芒花
種籽長滿白色絨毛
以長腳蚊的姿勢翻身飛行

以難於承受的輕的重量

類似氫形式泅渡氦氧

刹那間她們踏上火舌峰頂

入於火光空隙

火因子和火海吞沒她們

再將她們吐出

身上絨毛綴滿火星

她們以火鶴之姿繼續游離

有的下墜如數以億計的雪花陷入流沙

那些沒有墮落的飛絮餘燼

張開火化過的翅膀

繼續以風的慣性和習性迴旋

終於以輕的業力轉生爲塵埃

例如火邊飛煙糾結成象形文字的符號

例如氣球飄浮在地球和肉體的上空

例如泡影

一九九五年三月中國時報

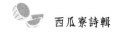

閃電之一

雲勞動了一天
在兩座山的天平上
學我一樣靜坐

在西瓜寮門口的石輪上
飢餓之因
從肉體底層滾動隆隆雷聲
意識向上衝擊上層結構
靜寂的腦海有了思辨的閃電
在似明未明的邊界
一道光從半閉的眼前乍現
──那閃電
停駐在那裡
像一條不再顫抖的弦
上面棲息飢餓之鷹

她以慾念的姿態站在谷底觀望
被黑雲封閉的天空
同時已被黑夜包裹如罌甕
甕罅裂痕若隱若現
閃電的結構在天體醞釀

突然如枝枒藤蔓張牙舞爪
復向下探索
如瀑布以火形向山谷分枝

被閃電劈開的天空
變換著瞬息布景
時常出現許久光年以來
在時代風雲變幻中
忍度過人性鞭笞
仍能留下隻字片語的人界容顏

他們靜寂的腦海植根智慧的閃電
意識向下解析下層結構
飢餓之因
從肉體底層依規律消化多餘的脂肪
使散熱的能源
平均供養著細胞一樣以億計的人民

　　　　　　一九九五年二月五日中時人間副刊

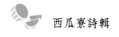
流星之三

在縱谷的上方
兩排山脈疊層河堤
銀河由北向南傾瀉
雲藻早已流去

河邊無以億計的沙
蒸騰過白天的燥氣
粼粼散發著寂靜的光亮
好像星群彼此猜測著自己的名字

其中一顆有了記憶
突然縱入黑暗的最深處
那意念的化石
從黑洞的另一邊出身

在腦海閃過的──
例如愛情、革命、農民和資本家
例如借貸的肉體壓著喘息的利息
或則……
母親過身前
還叫著早逝的我的大哥的名字

一九九四年七月二十六日中時人間副刊

流星之四
——記一個沒有出身的出生

雄花以喇叭的姿態

將花粉噴薄成陽光下的星群

那億萬計的金黃粒子

在驟雨中下墜成沙

似乎在其中

他未曾命名就去尋覓

黑夜的母親白天的妻子

他流有精子紫色尾巴

他看見子宮

和宇宙的胎盤

然後他成形，受想前行

以六種慾望集結意識

坐上彎月形獨木舟

以四肢划行

至血河出海口

纜繩脫韁

他竟以沈默的黑暗

向初見的地球

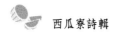

和雙親的日月
告別

一九九五年二月十日中時人間副刊

耳唄

一朵雲蹲下來
蹲在也是蹲著的山上
大概是被太陽曬累了
隨著黃昏把姿勢放軟
我把手中的工具放在樹下
蹲著看夕陽如何被雲
吞進山的口袋

天色漸漸從黑色的髮梢暗下來
疲倦使我耳鳴
從蹲著到坐著
繁星從眼裡竄上腦海
我把頭垂下
在西瓜園沙地上
看到一枚白色貝殼

耳鳴的聲音例如退潮
終於在貝殼的月光上流住
貝殼張著嘴巴
使我想到唄字
並聽到遠方叢林唄音

木魚游在鐘聲裡
那些比丘比丘尼用聲韻測度年輪
用眼色分析光譜
意念形相比夸克還小
例如眼淚和霧水從無到有
例如貝殼和化石
它現在看起來像我耳朵輪廓

我摸摸左耳再摸摸右耳
意識形態立刻從耳規傳遞口號
但我已學習測定兩種聲浪的音波
音色、音質和因原
他們都匯集在心中的海峽交響
她們的形體或波紋或渦漩
都被時間雕刻在貝殼上
或分或合
或擁抱或糾纏或微笑

撿起那枚貝殼
我站起來
山和雲已被夜色抹平躺下

如墨磨水溶於硯

我走進寮裡

把夜鎖在門口

把星星關在窗外

正如一天的勞動解放了肉體和慾熾

而肉體用慾熾和眼睛關住靈魂

用耳朵

聽見貝殼裡的海潮

一九九五年四月一日中國時報

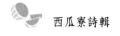

風景以外

太陽伸長手指
緊緊抓住水蒸氣的髮絲
使那些沙地上的瓜苗
都張著芽口呼喊
水啊——

（日正當中
我坐在西瓜園旁邊
一棵木麻黃樹下
觀望著太陽與地母的拔河）
而水
卻興奮自己解放了勞動中的肉身
由橫由圓的液體
由雙性質變單氧
立體線條筆直向太陽磁引而上
是地母放生了她們千年的地水嗎

一旁觀望的風景
是在不遠處層影著三角形排列
凝固的海浪的山脈
和更遠處

醞釀著分解成雨點的雲塊
和我背後
被風吹散披風的木麻黃
像火神身上插滿旗幡

直到樹影斜出樹身一丈
我又必須工作了
除了給瓜苗灌溉
除了生活與風景
還有別的

一九九五年五月二十三日中國時報

星夜的質疑

雲連城般拱出山的輪廓
又緩緩把夕陽壓下
餘暉斜睨空谷岩壁
從紫金向後褪換成灰黑的斷崖

（我坐在西瓜寮門口
用髮梢猜測黑夜濃度）

雲以耳語向風說明
黑夜不似全面急速籠罩
剛開始只是一點墨汁潰散
從山谷深處綻放
轉身向出海口緩緩走去

越過海岬
在另一個島的燈塔亮時
黑夜正式在那兒站定
向四周撒下密網
零碎的星芒
像網邊銳利的尖刺

（我坐在西瓜寮門口

用肩膀感覺露水重量
用眼眸磁引燈塔和星）

雖然黑已吞噬了夜
但燈塔和星如鯁在喉
夜正在喘息
我聽到數哩外
潮汐起伏著月牙

（坐在西瓜寮門口
肩膀垂下露水很重
思潮弄溼髮梢
──我是不是應該參加
　　明天的遊行
　　財團和農民都同時要求
　　公地放領農地自由買賣
　　演講時要不要重複說明
　　GATT和資本主義
　　遊行的車輛
　　到底該懸掛什麼旗子）

我問風

風去問雲

而雲已藏在黑夜的大衣裡

我向黑夜質疑

黑夜脫掉她的大衣

黑夜裸露的告訴我

等待黎明吧

而黎明已在瞳孔四周翻白

一九九五年四月十五日中國時報

有時會帶一本書

有時會帶一本書到西瓜寮
趁下雨了休息
在寮裡板床上看
例如史記
字跡密密麻麻似雨絲和雨絲
文言和白話，對照時間和空間
厚厚如一層散聚的雲
看到一個朝代
只在一頁裡交代一行
有時一個帝王的一生
不到半句段落……
有的地方司馬遷剛下筆就已是句點。

好像昨天我站在西瓜園中央
如一個島
西瓜園輻射綠色瓜葉的海波
和冒出頭的石頭的白浪
蹲下來看
立刻平靜如一張綠格子稿紙
格子裡，我一個人像一個問號彎腰

向千萬計的瓜果選別字句
不在意的摘掉一個歪臍的窳瓜
順手丟到溪裡就忘了它
溪水也沒感受到它的重量
溪水還是認真無騖
不捨晝夜，努力向出海口奔流

有時會帶一本
地藏王菩薩本願經
在西瓜寮窗口
用休息的片刻陽光看那麼一頁
讓勞動後容易有的幻念
在一個翻合中起滅

有時會帶一本
始終無法看完的資本論
但勞動後的思考使我更為疲倦
雖然偶有慾望沈澱後的清晰
但我不是青年馬克思
我被自己的矛盾老化了
來不及把思想醱酵或蛻化為

螢火或星光

有時會在口袋裡塞一本
有時會不太想看的小紅書語錄
起毛時那寫實的浪漫主義
正在不想再婚的阿爸體內檢驗肌理
但收入不好時不至於飢餓到革命
這點，我和阿爸已經統一
我們已是模糊的階級
例如米粒和咖啡豆，番薯和芋仔
例如這一切似乎是模糊的後現代
例如阿爸眼中的GATT和DTT
例如我，阿爸的影子
西瓜寮和堤防
都被夜色收入山谷的夾頁裡

　　　　　　　　一九九五年六月八日中時人間副刊

欺騙和燙傷的颱記

不知從何處漂來
保麗龍碎片
像一朵雪花在溪水上
被風旋向空中
泡沫的飛絮黏住髮梢

涼意從髮梢滑進腦海
行船被思潮停靠在時間河左岸
上岸時
我站在大都會公園噴水池旁
走進跨國超市如SOGO或高島屋
到處擺滿進口水果
它們從GATT夾縫進來將更廉恥
躺在白色保麗龍床墊上
和張大眼睛的鱸鮭們隔鄰條碼
可是
就是沒有標售我們種的西瓜

那是前天的前天
運瓜的卡車拋錨了
阿爸坐在高速公路邊欄杆上

許譙駛伊娘，酷別告母不斷
慢了一天西瓜上市就少一塊錢
他急得蹲在樹下棒塞，看著
塞車燈串連紅河流向天際
在安全島另一邊
爍爍呼嘯而過的遠燈
真像外太空幽浮
快速飛掠銀河
不把我們當人看

但今天現在眼前快速流過溪的
只是上游漂下來一片颱風草
颱風剛過不過又回南
之前颱風草沒有示警（註）
所以那些高速公路上的西瓜
在上車前有一半都已泡過雨水
價錢一定不會好
（雖然提姆沒有母親
但阿爸還是不斷許譙他駛伊娘）
而且怨嘆颱風草沒有折節
我們就要折腰

天邊沒有事先出現魚鱗雲片

霓沒有從山谷包圍虹

虹沒有用彩帶躬身汲水

連地球上季節的使節風

都欺騙了溪底的父老兄弟姊妹

欺騙了西瓜品種

紅色肉變成蒼白

透明蛙卵的種籽

來不及蛻成蝌蚪黑子

電視氣象報導

颱風又像一團火雲包圍颱風眼

在影幕裡游走縮小又放大

火雲被燙傷成膚斑了

也燙紅我們心肝間的綠膽

註：聽說台灣農民的祖先可以從颱風草葉片折節數判斷該年颱風次數及方向，但現在不靈了。

一九九五年五月二十七日中國時報

守夜人和偷瓜者

飽滿的夜色漲出帳蓬
帳蓬邊緣煽動月光
西瓜園體內流過溪河兩岸
石頭和西瓜比鄰，如兩性
反射星光的賊眼

深夜後的初月
像他單耳側臉
趴伏在沙地上傾聽
偷瓜者的腳步聲

看清楚那個偷瓜者用手搗臉
竟是他父親剛分手的情婦
（母親已過身十年
他看見人性在父親身上刻痕）
他看見慾望和慾望一面對話一面走過堤防
他看著被抱走的西瓜拖曳蒂葉
除了自己審判自己
還得接受夜的月刀切片檢驗

白天被太陽精力烤熱

用勞動提醒道德禁慾三個月的守夜人
（那個年輕的無政府主義者）
體內所有水分子意識形態
那些汗、血、精液、尿、唾沫和眼淚
都像守著最後一夜貞操的西瓜
用紅色血液衝擊管脈波浪

渴望解放自己解放別人
像那些等待黎明的革命者
熬待曙光
在堤防邊醒目
在石頭上敷金
在西瓜皮泛亮

季節的幻化

山和海以一條公路做界線
再以木麻黃林為戒
秋天悄悄來臨
她從海背爬上山腰
雖然沒有聲音
還是躲不過針葉耳朵
它們陸續以黃葉落地為證
直到冬天以手指
戳穿枯禿的枝椏的雲層

此時妳沿著木麻黃林南來
在海和溪溝合處溯往
不遠處看見起伏著西瓜園和沙丘
看見西瓜寮在園的東北角
柴門正對著妳來的方向
妳看見我盤坐在板床上嗎
我聽見妳涉水黏沙的腳步
直到春天又再窗口彳亍
為什麼妳還沒在門口出現

這使我不解時間的定義

我望見季節伸出腳踝
脫下雲的白襪披在山肩
本來瘀青的山頭
因季節揉搓和濫墾蹂躪
已有出血的赭紅
但風化後麥飯石和蛇紋岩還活著
隆起如鼻呼吸未死
雨後瀑流順著鼻翼下的法令至山腳
淚水順勢而下
妳的容顏在山壁模糊

呼吸和心跳從山陰穿過山陽
地球單面已是春分
潮音穿過陸連島和月洞
流過耳規
順溪水下匯大海
此時妳來叮嚀
「初於聞中，入流亡所」

山上橫著一條光的眉毛

雲母色的雲

浮貼著秋天和山谷

菅芒花迤邐

一條白色風路開向出海口

九港風帶著利刃走來

一群夭折的狗尾草鞠躬向南

東北季風山坡荒廢

彷彿所有農作物已先殉難身亡

乾枯著肢骨排列成字母

GATT or WTO

太蒼老了那座山和山谷

岩壁偶有貝殼化石

雲母色的雲

向山腳瘦著彎腰

拉拔起童年的炊煙

至今農民的背影還是駝著夕陽

有一棵會紅的楓

斜斜站在麥飯石上

像一朵紅花插在山的斗笠上

表示活著或死也不滿

如果只能如此平靜著生存
不出賣忠貞的土地
沒有喧囂也許好一點
但天色一暗
山谷扣緊夜的風衣
山頂就亮起迷惑的眼睛
醒成另一種陌生
農宅路旁亮起一排排
「土雞城純山羊」的紅燈

朝香的車燈如七月流火
串成一條光帶在山稜上
山的眼睛畫出慾望的眼影
而且橫著一條光的眉毛逼視
一群夭折的狗尾草鞠躬向南

路像入夜後的山谷

我知道
但我看不見自己
已站在堤防稜線上
看見回家的路
像入夜後的山谷

看見初月薄如竹膜
用光補滿瞳孔坑隙
雲謙虛的退向天邊
初月才呈現全面雪白

阿爸先回家了
他藍色小貨車的前燈
以七十歲的速度經過山下的橋
我必須再思考彼此距離
我們剛決定放棄承租的土地
放棄靠土地裡耕耘的生活的日子
但放棄以後的路像入夜後的山谷
我們害怕但我們不能害怕自己
變成沒有祖產的無產階級
谷夜風向常使我們有爭辯季節的矛盾

我還無法讓七十歲的父親
過著優閒無憂的老農晚年

月影很像浮貼在山壁的魚貝化石了
滄海桑田都似昨日
那麼放棄承租的土地
不應該和我的親情愛情我的
意識型態有所牽連掛鉤
因為我曾有一段空白記憶的銀河
想要辯證已是模糊的歷史盲點
所以阿爸都比我勇敢和科學
月亮和光也是
雲也是
他們都善於割捨

他們不怕日夜和季節輪替
不怕階級和色彩的侵犯
所以我必須繼續和初月
和日出辯證
什麼才是會變的光
什麼才是土地裡不變的意志

和體內不滅的能量勞動
和不再生產糧食　那條回家的路
又似必須走下去的歷史

　　　　　一九九五年八月三日中時人間副刊

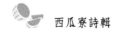

向月光坦白傷痕

海底板塊運動未停
（土地意志不死）
執意由南向北推擠腹背
東海岸山脈的皺褶
從最南方正面看去
只看見一座三角形屏風顏面
排列後坐的山群微微浮現肩膀

陽光深入分析那座劍山
芒草、銀合歡和檳榔樹
以最細密的髮隙身距
以針的線條曲曲上蒸
在牙床白列的崖壁上
構築了明暗分界的畫境

直到黃昏升起夜霧風幡
白色雲布襯入條條山谷
白色線條成弧形重疊堆高
山脈的脈絡
在月光下竟清晰凝結如版畫

月的彎刀

彷彿在崖壁上磨得更亮

有意向黑色山影刎頸

崖壁上刈芒和狼尾草

不知什麼時候

被月光切成整齊的平頭

頭上

粒粒如星眼

安眠的農戶的燈窗

已提早關掉電視

（關掉那些強制的滲透

與多數不相干的多餘）

讓門前犁翻的蔗根

向月光坦白傷痕

這一帶糖廠土地

早已投降休息了（註）

所以，以假亂真的粗刈芒

早已堂堂正正侵佔后山的良畑

用月色和茫霧偽裝

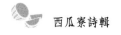

眞像甘蔗成群的葉尖迎風
向山坡下排排路燈搖手告別

註：台灣民間各業西進南擋，政府遂提倡南進，台糖
亦同步，使得只適合宿根甘蔗的山坡耕地大片荒廢。
加入WTO後，土地上更不知要種什麼才好。

一九九五年八月十九日中國時報

共犯的對話

縱然是不在勞動中
我被強迫和自己的肉體對話
夜已撩起裙褶
腿白在山谷蠕動
太陽的餘溫
從鼠蹊向出海口挺進
（慾念從日夜交媾的縫隙插入）
再遙遠也聽到
雄雞昂起脖頸冠紅
壯年音色
淹沒在海潮韻律中

從西瓜寮板床上跳起來
以快刀的明亮如黎明斬斷夜緣
以施肥的步伐手勢劃開心猿
努力和自己的肉體辯證
在四大與四肢的十字中央
刻意讓影子重疊陽光

午時前一刻
雌雄同體異花的西瓜盡情張開雌花瓣

（我假裝看不見數十萬異性
正翻掀起她們的花裙）
空氣在紅黃綠紫中暈眩
數以億計的雄蕊引頸顧盼
花梗伸長吹管用力吹起海風
吶喊著解放或解構
蜜蜂和藍尾鳳蝶認眞吸吮花蜜時
完成了一次生命的革命再生
雌花授粉受孕後立刻凋萎
花瓣緊閉成受傷或慈悲的嘴唇

陽光、蜜蜂、蝴蝶、潮溼的空氣
風中浪蕩的花粉
我和我們的影子
都是授粉革命事件的結構共犯
完成了神聖的典禮
接著困擾我和我們的
是必須在生產勞動的過程中
和肉體以外的另一種消費結構辯證

一九九五年十月十日中時人間副刊

黑夜的太陽

把手電筒關掉如斷了光的手指
溪谷頓時落入全面的極岸的黑暗
在更極暗如關房的西瓜寮裡
我聽到褐飛蝨和尾塵子
失去光亮時盲翅飛竄
因光飛入寮裡的蛾閉在唇上

慢慢的月光從窗口進來
那飛蛾從我鼻樑岩脊
爬上斷崖額際
月光跟著爬過眼簾

飛蛾又被月光誘惑本能
彷彿向原鄉朝聖
她飛出寮窗
以為紙貼般的月亮就在眼前
她終於沈沒在極暗與極岸的夜裡

我被她誘惑了最底層的慾望
肉體和靈魂都走出寮外
在空曠如子宮的宇宙般的山谷

看見了黑夜的太陽
——那碧海青天的夜心
就像一顆水晶的龍珠
四周繫著雲織流蘇
和絲的羽翼

記得白天時
我被太陽撞擊額壁
布滿紅色精誠
此時這黑夜的夜心
有一股致命的不能承受的慈引

我想那沈沒在夜海的飛蛾
也許真能飛向月亮
在我視線圓切月緣的空間
出現了她一個黑點的形象
我猜想她已蛻變成襌蛾
毫無悔意至物盡天折
她帶著解構的母體
飛過了黑夜的太陽
撩渡紅色海波白色冰河

鑿穿金色的慾望隧道
進入黑洞與
無色界

　　　　　一九九五年九月二十二日中時人間副刊

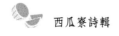

雨的裸體

溪底已被黑夜籠罩
黑夜被雨披上黑色雨衣
黑夜的身體不會潮溼
黑夜是太陽的影子

例如黑夜盤坐太陽石
我盤坐在麥飯石上
用手電筒照射窗外
光線切割夜片
雨的腳跟
沿著光線脊梁走向出海口

黃昏時我還聞到
雨的體味
她的腳步踏陷在蓬鬆的沙地上
踩過蒸著熱氣的黑色鐵皮寮頂
帶著悶哼與暑溽
從山谷走來

而現在我把手電筒關掉
想和她竊語

她立刻散漫髮絲遮住上體
黑夜迅雷般淹沒她的隱私

愣愣的自我猶如置身閃電
還記得她剛才光線中瞬間裸露
在雨絲和雨絲間隙
在雨滴和雨滴間隔
我捉不住水和光

捉不住眼波和淚珠
在還沒有下雨之前
就該感覺她眼中的霧氣
就該在黑夜來臨前把她留住
不該只因一念分別
在雨絲和雨絲間隙
在雨滴和雨滴間隔
用以億計的破折號或刪節號
或以億計的句號寫信
她也不會再回頭

一九九五年十一月十五日中時人間副刊

米飯的幻迷

在溪彼岸
有一片未被墾植的砂礫
參差的石頭是山的骨肉
因無數次濫砍與洪水
心痛的山遠遠望著失散的孤兒

在河此岸
數以億計的石頭已風化為千萬億沙
在我腳下
好乾淨好乾淨的沙
好厚如一團星群的棉絮
（我漂浮其上
在西遊的河裡
以為自己就是沙悟淨）

如果人類可以不必靠勞動生產活下去
如果蹲下來捧一手沙
沙幻化為一堆白米
水蒸氣是一盆川流的火舌
沙在水中煮沸
何時可以成飯？
（蹲在西瓜園畦邊

我看見山如鍋盆煮著雲彩
而雲彩又似在固化那座山）

眼前只看見一顆石頭
在雲母黑中夾著貓眼白
時間的顏色早已凝煉在空間裡
例如眼睛因觀注而乾涸
那顆石頭正在散發光能
體內血汗竄升爲水分子
陽光的焦味
一縷縷嫋繞童年的炊煙
從鼻翼煽動味覺

我餓了
我眞的餓了
但飢餓何時可以餵養悟性
（站在西瓜園中央
頭頂太陽直射肉身爲一點
什麼時候太陽才會看見自己的影子）

　　　　　一九九五年十二月二十五日中時人間副刊

河網迷路

水源以雙手連接瀑布
然後躬身起彩虹
觀看下游勞動的群體正在移動
溪河在那裡自然成形

至出海口
溪河已散開成網狀
夕陽補釘似的洞窗
在網結上反射紫烏金色
任由季節風吹響河岸的雙頰

被河網網住的西瓜園
夏洪沖積成塊狀後人工整理成條狀
白色沙丘分割綠色瓜畦
河界兩邊棋布一樣據點著西瓜寮
像黑色龜甲、赭的蝸牛，一隻隻
蹲臥在河床上

走在河網陌路上的人群
有人高喊「水啊——」
聲音流蕩過河堤流至很遠……

他們渴望足夠的水源又怕出了大水

有人不說話靜靜坐在石頭上

例如被捕的昆蟲在網結上疲倦著

例如擱淺在河灘的浮桴

觀望天色變化雲母色的字母

如果……不是GATT或WTO

天色以雲的風路

以九港風的利刃

從耳邊刮過

　　　　　一九九六年二月一日更生日報四方文學

星光與波浪

太陽在溪流上留下石頭腳印
入夜後都變成泡影
如果整條溪彎曲成銀河
每一個波浪都發亮又消失如流星
手中握緊一團沙
心中就團聚一個星系

但在此岸
西瓜寮已被夜氣蒸騰為蜃樓
星群雖然刺眼
但螢火飛過溪河已溶入夜色
地熱從沙粒傳導至鼠蹊
星光也有炭火的餘溫

為了感受流動和本能
用皮膚細胞用汗毛分解水分子
裸身，讓衣服帶著靈魂浮在水上
星粒擦身而過即逝，那些波浪
水線沿著經脈探索皺紋
也許會被雕成時間的石像

然而我還在勞動不被異化

例如地熱遙引太陽能

經過星群和沙粒

給那些西瓜，張著天線型的葉

它們都感受到生命資訊

在成熟時布滿了宇宙表面網絡

一九九六年三月中外文學第二八六期

雲的思路

那村莊在山谷
安靜如一堆雲
時而起伏著節層分明的屋脊
在月光下
迤邐白色建築的牆
牆，像泛著銀光的布幕
尾連山的崖壁

如果黑夜是一片非常大非常大
非常大的桑葉
突起的山脊像葉脈
那泛著一團白光的村莊
靜臥在山谷，節次屋牆
好像是一隻春蠶爬向葉柄
牠的頭昂起向月亮
月亮就是葉片裡被蠶食的洞
洞四周有一些唾液餘澤

西瓜園隔著溪谷和那村莊對望
西瓜寮裡我蜷臥板床
像蠶一樣吐絲的思路

乾枯著澎湃的心血
紅色思想和綠色理念
交織成一個橢圓的繭
團團把肉體困住

如果思想比愛情還重
而愛情比親情還輕
如果意念還是慾念
如果我還不疲倦
我又站在西瓜園的溪邊
向對岸村莊大聲喊叫
她的名字
——雲啊……
因爲難於謀生而離開農村去吧
因爲一聲叫喊
山谷、月光、夜氣
和靜臥沉睡如雲團的村莊
回響一股黎明前的不安和騷動

一九九六年三月中外文學第二八六期

與夜河平行

白天跟隨著勞動的太陽
如肉體跟隨著影子走
直到夜的溪河
從上游
跟隨山影緩躺下來休息

我也是那麼平緩
裸身仰躺在溪河下游淺灘
耳朵和鼻子都浮出水面
水線緊貼手肘順流過腳尖
眉心和鼻端對準丹田下翹起的準星
浮標的斜度剛好和夜平行至出海口

夜用光犁開銀河
溪河被彎月切出兩岸
身體被氫和氧布滿血管
星光藉水分子滲入皮膚
真想就此止息
和水、和沙、和光
和夜同時溶化

可是石粒、水藻和咕嚕的慾念

時而從頭頂和耳根擦撞而過

還有剛孵化的小魚、蝌蚪和蜉蝣

從鼠蹊縫隙游入陽具根部

彷彿要住定叢裡寄生

她們或卵生或溼生而來

浮蕩酷似幽靈

只能用感覺去感覺她們

用慾念穿透感覺

如殞星戳破夜衣

空網的夜色裡

山腳的腳

以膝蓋的高度伸入海岬

與夜河平行的我

滾燙的身體已被水雕塑成石塊

　　　　　　　一九九六年五月二十日聯合副刊

螺旋的風與光束

陰霾的沙地
一陣龍捲風
夾著螺旋的尾巴
向出海口蛇行

陰霾的雲層
只洩漏一束陽光
停在西瓜園中央
光塵落在我的肩膀和手肘

我看見白天的銀河
倒豎在天地間
星群閃爍無以名計
在陽光中飄浮著塵影

駐足在西瓜園中央
我忘記了施肥的動作
注視那束光塵也開始移動
沿著龍捲風走去的方向

在出海口
像一根吸管插入大海

塵影蛇鞭以陽光爲刻度
將夜色節節吸上天空

我忘記了自己的影子
已離開腳跟走入夜色
我忘記了回家的路猶如溪河
從山谷，以石粒泛起粼粼月光

消失的龍捲風和光束
還在心底留下它們的腳印和眼色
螺旋式思考著歷史演化
我讓紅色思想在夜海中盪漾
在詩句中淡白，像那光束

一九九六年五月二日中時人間副刊

動或不動的夢土

遠方溫暖如初春的乳房
那兩個山崙，近看時又像臀部
在額際平視
稜線彎成雙人枕頭
又似起伏前進的馬鞍

雙人枕頭繞髮著森林
迤邐至糾纏兔絲子與矮牽牛的地方
一顆巨石，在那裡孤枕難眠
它獨自亮起夜晚來臨前的星光
（看不出它是公山的兒子
還是母山的女兒
石頭有時也會有雌雄
當它被太陽曬過
又被月光撫摩）

動或則不動呢
動也不動的我
在西瓜園最北邊向北看
能感覺到地球的心跳
從巨石

從出海口
從那陽光會被受孕為月影的地方
以海潮的頻率向我靠近

山腳向溪床試探水溫了
動的形態從河流下來
以窈窕嫻淑的曲身
款步走過西瓜園西邊
水面漾著會說話的眼波
至深夜了還在耳邊留連

不動的是那顆巨石孤枕
是因為還在做著千萬年前的夢嗎
不應該輕易的吵醒它
它使得為了生活才勞動的西瓜園
在夜深時更像一片夢土

在夢土和夢裡的邊境
石頭蒸發了肉體內最後一滴水
（它似乎還想以勞動平衡異化
它似乎想以死來質變不死）

乳房的山峰
突然就震顫起來
（馬鞍起駕了）
孤獨的巨石慾望未死慾望不死
踏著水印，竟能溯河上山
到峰頂站成一個人形
他在馬鞍上揚鞭時
旭日剛好升起——

純然雄性的石頭
以透明肉身
終於長出金黃金黃的光芒
太陽
那光芒使夢土不再是夢土
而勞動還只是勞動

一九九六年九月中外文學二十五卷四期

遊行

「老農津貼！喪葬補助！」
「菜價慘跌！民主何用！」
讓口號淹沒整條街的塵囂
從山的胸膛和河流咽喉
我們和我們的口號同時出身

地球自轉至秋分
我們公轉著台北市以秋鬥
遊行隊伍繞過總督府
漂浮著三千頂斗笠
斗笠上綁著紅絲帶
好像夕陽餘暉
還在環繞故鄉的山河

我走在隊伍的最後
斗笠壓歪了眼鏡框
身上的筆留置在故鄉的田園
像鋤頭柄和犁把斜躺在屋角
日子過著生銹的過程
不如用身體連結著身體
以遊行的隊伍把街市擦亮

阿爸走在我的前面有點蹣跚
我還是農民的兒子
但我踏不準他前進的腳步
我有太多思想織就的字幕
在知識份子的眼鏡片上閃爍

在充滿著中產階級的大都市
我們只是極少數
遊行的隊伍走成一個問號
我只是走在隊伍最後的
隔著一小段距離的那個小逗點
跟著遊行之河迴流
這，不是革命
這只是比革命更好的圖騰

一九九六年七月聯合文學十二卷九期

夜夢

那聲音從遙遠的地方傳來
遙遠如童年以前就曾聽過
現在卻驚醒了夢
那聲音，如銳利的匕首
挑斷琴弦

那聲音，像鋸齒鋸著岩石
撕裂中有著更尖的尖銳
藉著魁梧的風
從窗縫擠進耳膜
窗外，其實還是黑夜

那聲音從村落東北角傳來
在空氣中
看見它痙攣的神經在震動
夜把身體壓低
讓那聲音箭一樣從髮上穿過
死亡，牢牢的盯住那聲音的主人

是的，童年以前就曾聽過
而且瞭如指掌

貧窮的農村還未翻身
豬價慘跌時
農民不願多繳屠宰稅
在私宰著一隻懷孕的母豬

那聲音，從大地深處
從一個子宮狀的大氣球裡奔出來
我看見一團影子
從村落裡的山谷竄出
又埋藏在更大的夜裡

一九九六年七月聯合文學

沒有風的風景

沒有風
沒有一絲絲風
老鷹的飛翔
也近乎是靜止的弧線
雲在天邊入定很久
彷彿有了地球它就站在那邊
堅持它初次的出生
或最後一次死亡的姿勢

沒有風
西瓜膨脹著圓
石頭卻在縮小
沙細成一片沙
天地間正在演算它們
質量不變或不滅的公式

天地間思維的纖維
沒有風雨
只有水蒸氣
以透明的翅翼噴薄上升
交織著

上升

遠方彷彿紗幕的背景
都凝固或停滯
出海口像不再合攏的厚唇
船、綠島、海浪
樹、傘狀礁岩
蕈菇化石
清晰如鋼針的草尖
向山谷傾斜的崖壁
被陽光敲出紫磨金色的岩石

甚至連感覺和思想也靜止了
只剩下天地間微微起伏的呼吸

不死的雲霧

風走到海邊就不上岸
被一團固化的雲擋著
但還是用一隻腳踩過雲泥
——一條黃昏光束
已慢慢收入黑夜的圍裙

之前我還清楚看見
三角形的都巒山上
開出一朵死火山上不死的雲霧
因為不死站在那裡是一個人形
我聽見大地的胸脯還在呼吸
直到風終於強吻上岸
吹化著催畫出一個火字
那不死的雲霧
還有
體內不死的慾望

縱使那火字變幻為水
體內的岩漿仍會滾動
因為有太多不滿嗎
因為有慾望的餘燼和火苗

因為土地意志不死

縱使那水已是眼前飄雪
體內還是缺少一種熄火的元素
直到
不死的雲霧散開髮絲
真的雨下來了……

被慾望和紅色岩漿蒸發的眼淚
滂沱洗滌塵埃
才知道那熄火的元素不只是雨水
還有那滾動的雷聲
還有那大自然的勞動

一九九六年十一月五日中時人間副刊

浮在地平線上使力

溪水向山壁的背影靠近
在反射著一點夕光的地方
在堤防的手肘與臂彎處洄紋
以山的弧度向出海口流去

接近出海口
接近出生或死亡的迷路
它張開了手指的河網
河網間隔著沙丘和西瓜園
河水與綠色瓜畦平行下去
陽光緊吻著沙丘的唇線

河流已是金色手指
瓜畦凸出綠色經脈
它們都浮在地平線上使力
向出海口
像要抓住那正在翻滾的海浪

那河流的金色手指
伸進了海浪裙底
海竟開始浪蕩起來

每分每秒都會懷孕

那些翻動的白石頭
那些波浪
那些像蝌蚪或精蟲
像眼睛的魚尾的波浪
每分每秒都在死滅而重生

　　　　一九九六年十二月二十二日中時人間副刊

降落的轟風

伸長手臂的堤防
在交通指揮河流和海浪
可以聽到哨音
從山谷向出海口吹響

堤防削尖的尾端
閃動著金屬光亮
也似一隻將軍指揮刀
千軍萬馬在後面
鼓動起群山與亂雲

我在西瓜園旁邊
看著堤坊
被旭日縮短手臂與袖章
被夕照伸長刀鋒
我正在腦海的曠野上
愣想著一場莫須有的戰爭

越過堤防便是志航空軍基地
剛從眼前飛起一架戰鬥機
從後腦勺方向又感覺

另一架戰鬥機轟然降落
風速拉起我的頭髮
翻開西瓜葉如千百張手掌
石頭周圍滾動起沙塵

我敏感的是
戰鬥機轟下來風的餘力
灌進了西瓜寮
掀起壁上布滿飛塵的一九九五年日曆
吹散了擺在板床上的稿紙
那稿紙上細細的軟弱的文字
有著震顫的曲線
像那些慢慢沈落的沙塵
在西瓜園周圍擴散沙紋

輯四

堡壘與夢土

火車與落日

溪河上游縮小了山谷

架起一根火柴棒似的鐵橋

一列火車駛過

一串火柴盒拖走過去

車窗閃動夕照

那摩擦的火光

點燃山谷上空雲的草叢

就是那列火車載我歸鄉

相隔十五年

車窗內的我看見父親站在我站的地方

也是黃昏落日像剪紙浮貼在天空

陽光從窗玻璃刺入眼睫還是會痛

刺痛才感覺光線是固體的針

刺出淚珠懸掛在眼角

火車傳來隆隆波動

溪河才從那裡轉彎

水流開始沸騰

西瓜寮微微落下塵埃

同時發動引擎的卡車

正載滿北上的西瓜
正滿載心血紅熱的夕陽

我們經常開著卡車追過火車
在高速公路上飛馳
但卡車再快也追不上光圈
再快也飛不過落日圓切面
縱使快如飛機從高速公路飛起
想要離開泥土的震動
也飛不去我和阿爸的血緣
再快再飛再飛
飛成悟化的飛天阿羅漢
也還有生的牽連

我告訴父親那些卡車上滿載的西瓜
都是太陽的兒子月亮的女兒
他笑著劃開火柴點根煙
看著那列火車
從溪河上游的山谷走過

火車傳來隆隆波動

西瓜寮微微落下塵埃
溪床上的沙擴散著波紋
擴散著沈默在沙粒間的文字和語言

金醒的石頭

彷彿只有移動的雲才看得見風
移動的雲移動著塊狀的陽光
當它們停止
陽光才以線條向西瓜園傾斜
用它金色的腳跟
踩在溪底幾顆崢嶸的石頭上
金醒的石頭
睜開了沒有眼睛的瞳仁

山谷裡黑色的山影逐漸膨脹
它壓不住那些石頭的光亮
和未死的意志
石頭早已散盡多餘的水分和慾望
只剩一絲絲水蒸氣
向天空傳遞著大地的密碼

抵抗著炙熱同時借用了熱能的西瓜們
完成光合作用就等待滿月升起
它們注視太陽又凝視月亮
沒有眼睛但看過圓的形識
它們慢慢長成它們意識的形狀

和比鄰而居的石頭耳語

那些沒有耳朵但金醒的石頭們
應該聽到了西瓜體內的水聲
和顏色變化的程式
和一百億年前的記憶

沙和沙擦聲而過

一粒沙和一粒沙
擦身而過
在它們絲毫間
有一些語言
和文字

然而沈默下來的
是千萬億沙躺在那裡
在溪床邊
在西瓜寮門口一大片沙地

然而怒吼和嘆息著的
是夢土中的沙漠
龍捲風像蒸發的鐵杉移動著
駝鈴和駝隊連成驚嘆號

牠們正從鳴沙山走過敦煌
像螞蟻列隊
正走過西瓜寮門口
我在門內看見門外

如果只是想這世界

只有一個字或一句話
那最初的語言和文字會是什麼
那敦煌洞窟過去數不盡的智者們
是否也聽見
一粒沙和一粒沙擦聲而過
一顆星和一顆星隔著眉宇在對話

雙生西瓜

在一萬顆西瓜中
發現了一個相連的雙生西瓜
它們還在成熟
還在交換它們母親的血液
它們不像連體嬰還有分割的可能
它們一旦分開就宣告死亡

像綠色的兩顆石頭
像長著青黴絨毛的麵包
然而它們更像成長中的乳房
陽光輕輕貼在
它們互相交換眼色的時刻

花粉輕輕黏附
它們互相擁抱的剎那
就註定它們必須永世堅持下去
雌雄同體或同性雙體
不再索求性別
它們完成了新世紀的數理
一加一等於一
那似乎是出生同時是死亡

那似乎是宇宙的道理
沒有開始也沒有結束
然而
它還只是在那裡成熟
但它註定被摒棄在市場外

祈雨

為了雨和妳的來臨
我赤膊站在西瓜園中央
像站在一個原始祭場
用肉體和眼神祈雨
吶喊著「水──啊──」
在祭場如夢土的中央
用沙和沙摩擦的文字
風和風摩擦的咒語
用影子
張開雙手如山字
伸展四隻如水字
如火
如果火舌實際是一束
緩緩流下的水柱
遠方
開始模糊

下雨了
下場大雨吧
在雨中帶妳走向瀑布

微笑的石頭和西瓜
也喜歡暢快的淋一次大雨
我們順著成形的溪河
找到上游未成形的岩岸
在那裡
有貝的化石魚的腳
有水的手指
用時間刻刀
從岩壁上雕出虎斑和蛇紋
南岸線條是橫的移植
北岸是縱的傳遞
似漩渦或年輪
時間的形象
也被固定在山的等高線裡
我們就坐在中央

而我們終究必須離開水源地
猶如瀑布出生即死成河身
我們走回出生地
猶如走回原始祭場的夢土

我們從新學習聽聞
水聲如何接納雨聲
雨水如何溶於河水
我們學習如何築構
生活的岸堤防慾望的水火
因過度祈求而再次氾濫

谷身河曲

河流以水身和水聲
牽引細細的絲線
經過山谷瓶頸
就張開喉管如五根手指
如五弦向出海口顫動

形似大提琴的山谷
在束腰小腹下方
音洞的位置
就是西瓜園
河網散開以琴弦穿流過去

群鳥飛起如上升的音符
牠們沿著大提琴邊緣
從海岸和山脈之間向南飛行
海浪鼓動起雷聲
在大提琴體內共鳴閃電

如果大提琴就是女人曲身
如果山谷叉開雙腳向出海口
那琴弦一樣波動的河網

閃亮出受孕的顏色
驗證太陽和月亮都曾在它體內裸身相見

受孕後在子宮的黑暗裡
依稀可見山谷深處
亮起星星的明點
那是生長點是根芽
是黑夜在分裂同時也在融合

向著出海口要求誕生
風從谷底升起嵐霧
包裹著大提琴像個襁褓
像女人的曲身懷抱一個嬰兒
在催眠曲裡聽到夢中嬰兒的哭聲

勞動的影子

勞動的肉體
永遠踩不到勞動的影子
它們沒有距離
但似乎又離的很遠

勞動的肉體
行走在沙灘柔軟的胸脯上
腳跟
陷下肚臍一樣深的腳印
汗水結珠在手臂
例如初生的瓜茸粒粒在藤蔓

暫時離開勞動的現場
蹣跚走進山谷巡視水源
勞動的影子
游走在安靜的水線上
默移的雲
覆蓋著額頭

出海口在身後討債似的吶喊
山谷在前方似有回應

山谷的前生為海洋
在山壁臉上
留下貝殼的眼和唇
（大自然大寐中翻了一個身）

地殼變動至今
等高線形成山的水紋
雲爬著梯田上山
站在陀螺一樣的山峰
更白了那雲
白的凍成一塊雪的雲
慢慢移動著
沈入藍色的海底
消失在藍色的天空

大自然勞動的形體
凝固成山脈躬身的背脊
或是雲的前身
會被太陽以白光溶化
被月亮以夜色溶解
而人體的勞動

和勞動的影子
它們之間
像山和土
土和岩石
或陽光與風
日和夜
有時就像兩根腳趾的縫隙
有時就像溪河兩岸向山谷合攏
它們的距離
在有和沒有之間
例如回頭觀望時已消失的那個山谷

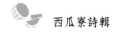

像向後躬身的蘆葦

年老的父親還記得我的童年
像山頭還記得流入海邊的石塊
西瓜還記得瓜子
他現在正站在堤防上
我已高過他半個頭顱
例如朝暾
剛剛高過海平面
白色晞光貼在他髮上會更白
影子倒向堤防坡面
石縫裡有他蕨草似的髮根

他的右邊站著我剛入小學的女兒
她的影子在父親的腳跟邊茁長
時間的落差像那顆足球
滾著黑白花邊
向堤防下的西瓜園滾去
一切彷彿又剛開始

我們站在堤防上看著
洪水篩洗過的沙地
像無菌的嬰兒床

黃色堆土機在上面
用牙刷一樣的公式
上下左右來回著
把溪岸整理成潔白的牙床
牙齦就像是畦溝

看著女兒笑開的乳牙
彷彿瓜子籽都已吐白
張開瞳仁看著
我和父親的頭髮
被海風吹向山谷那邊
像向後躬身的蘆葦
像向後前進的記憶

沿著水線

乾燥的沙岸
乾燥的唇沿
想要說話
沿著水線
和綠色瓜畦
和妳眼隱下的眼波

隔著那麼近
我看見時間的身體
像用頭頂著太陽的瓜苗
全身都是絨毛
從沙面爬過了石頭

隔著那麼遠
妳看見空間露出的尾巴
遠山在更遠的地方
匍匐像爪藤的山墟
全身都是絨毛
那些樹林都矮成蔥苗
從海邊爬進了黃昏

我們沈默著又想要說話
說話了又怕唇和眼都張開
例如溪河突然沒有兩岸
風中沒有雨和沙
身體和身體
沒有皮膚和毛髮
所以就那樣的躺著
沿著水線

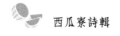

夢的腳印

夢要來的時候
通常不會有腳印
不以色彩或聲聞
她以一種緣覺
而且寂寞
例如電流走在念的路上

過身十年的母親
就以寂寞踏入我的夢境
如風走進水裡
那時我剛從極端走過的疲倦中躺下
勞動後的熱氣升騰為虛無
她就來了
從溪流出海口走進山谷

於是山谷好像才剛裂開
岩壁和雲不斷交換布景
彷彿皮影戲可以分辨那層影
母親躬身走進童年的屋簷
冬至過後她就在那裡
拖著石磨（拖著曾經是人的肉體）

碾出糯米的白血
年糕和湯圓冷結在
五〇年代農宅門檻和窗櫺
眼屎凝住眼眶
眼淚從魚尾順流而下

夢要走的時候
通常不會有徵兆
可有時會留下腳印
例如母親的背影
不知不覺溶化在夜色裡
從腦海中航行出去
她靈魂的腳印似眼淚
已留在我的枕邊

睜醒眼睛只能用意識形態追索
五〇年代的農村
和那些被碾磨過的白色血液
那夢境宣紙上拓印出來的回憶
竟使醒過來的我真正醒了
於是我的勞動

由肉體而至心靈
由夜色中母親的背影
而太陽下父親白色的鬍髭
由夢幻泡影
而結印成溪流上浮出的卵石

牽引

謙虛的藤蔓挺起傲慢的芽點
謙虛的溪流泥塑頑固的河岸
它們用身體彼此牽引
它們彼此摩擦
用水、沙、風和陽光

它們彼此牽引彼此摩擦
例如白天和黑夜
離的很遠又靠的很近
站在春分或冬至相望
時間就在身邊
從左手換成右手
當飛機經過國際換日線
像一隻鳥飛過堤防和溪河
看見黑雲沿著白雲的皮膚摩擦
之間閃動著金色的戒線
當地球旋轉著赤道的燙痕
太陽的指尖才剛從上面離開

而風剛從石頭和西瓜的縫隙穿過
沙從風和風的縫隙擦過

雨滴從雨絲和雨絲的縫隙降落

雨水攀緣著高壓電線

走過山谷

在對面山稜線上伸展閃電的根

它們彼此牽引彼此摩擦

用它們的身體

和看不見的力量

謙虛的藤蔓例如女性母體

懷孕著突出的西瓜

謙虛的河流

也在彎曲的地方突出了腹部

網住鳥影

冬至的天空
飄浮著粒狀的雲
彷彿一大鍋湯圓
在紅白相間滾沸
它們慢慢冷卻
向黃昏的天邊化成泡影

準備冬令進補的人們
半蹲在溪床上抽煙
他們在河面和山谷之間
拉起細細的網
網絡像看不見的雨絲綴結雨絲
在斜風中微微飄動

不知名的鳥
應該飛向不知名的天空
不要來西瓜園附近覓食
我對著鳥群吼叫
「喂——飛向出海口飛向海」
不知牠們是否聽懂我的意思

單獨在畦邊彳亍的她
逆風來到西瓜寮門口
低頭撿食堆肥裡裸露的玉米粒
偶而停頓時偏頭看我
看我看著她白色細緻的頸
和圈著紅線的尖喙

和從北方帶來的困頓與疲倦
和有點悲哀的眼神
我向她撒下吃剩的飯粒
我莫名的想用手捉住她
(想用手捉住失去的光影或記憶?)
但她反而驚覺似的飛走了

請不要飛向那雨絲般的網呀
不要因我的失誤而使她飛向陷阱
看著她終於警覺的飛向海岸消失在天空
站在她剛才覓食的地方
我想起了去年
一隻飛越台灣海峽的賽鴿

和平的賽鴿

背負島上的賭注

比賽的遊戲規則多如羽毛

他都一一過關

但他穿不過那張雨絲般的網

那像霧一樣的陷阱

掙扎著飄落的羽毛隨風四散

翅膀和叫聲都在顫抖

他的身影在夕陽餘暉中

震動著一顆五〇年代早星的光亮

不管亮出多高的價值

他竟被以肉鴿出售

成為喜宴上的菜肴

站在她剛才覓食的地方

我對著那些蓄意拉網的人大聲吼叫

讓憤怒的聲音回盪在山谷和兩岸

液體的火焰

「據聞殺草劑是美軍於越戰時所發明」
可是它流入了
那個悲傷欲絕
還戴著斗笠和護手的農婦肚腸

體內細胞開始發芽
生命裡的雜草
用含露的葉尖吸吮
那液體的火焰

它不像石油被星火點燃
就轟一聲連一片火海
它不是壯烈的火紅和消逝
它只是漸進
像水分子滲透沙層和渲紙
它只是把綠色轉換為紅色
再把紅色固死為黑色

它只是以死亡的化學方程式
誘惑生之慾望
那些葉綠素都盡責但無知

在奔赴陽光的途中
落入了一坑坑泡沫般的陷阱

那個農婦
臉上出奇沈靜
她已先把生之慾望
例如摘蒂從意念裡拔除
將根倒置在田畦上被陽光枯萎的雜草
像她俯躺在畦上的髮和四肢
她以最後的勞動後的軀體
把死亡擺在眼前正視
她手指還握緊豬母草和土香

曾經綠色般的愛情
轉褪為紫色親情
當黑色未成而秋紅先臨
那記憶裡的仇恨固執著不走
當兵的兒子、離婚的女兒、傲慢的媳婦
背棄的丈夫、沈重的貸款和意外的水災
似乎不是她自殺的全部原因

肚腸裡飢餓的蛇以舌信捲舔
這液體的火焰了
然後搜索枯腸至骨髓
農婦的臉
竟在我眼裡變換歷史布景
在西瓜園左邊溪河左岸
黃昏以氣體火焰捲住雲絮
在夕陽身上燃燒
紅色的思想縱然一閃
還是會印記在我額壁
我忘了自己
正站在西瓜園右邊

變賣夢土

拖著太陽給他的影子
父親涉過溪水
水草和雲穿過他膝蓋
他還是回頭望了望
終於讓渡出去的西瓜園
（這承租的公有河川地
這耕耘了二十年的夢土）
終於放棄五十年農耕生涯
（像一個政權的沒落）
向七十歲以後的暮色走去
他那更像無產階級的老態
勉強爬上堤防
他站立在堤防上
身體像鋤頭柄頂著太陽
陽光正深深踏在他的肩背
他的影子在堤防邊折了腰

他還在望著西瓜寮
（這夢土上的碉堡）
他看著我坐在寮門口

向他喊叫「回去啦」
回家吧，我說阿爸
讓渡書上的文字和印章
彷彿條條犁溝和畦面
那些逗點和句號
那些石頭和西瓜
都會是記憶中的泡影
例如
例如我已站在
他站過的堤防上
身體像一隻十字鎬頂著月亮
月亮已經大如圓鍬圓如西瓜
月色烙印在肩背
還可以感覺到重量
還可以感覺到
早逝的母親和大哥
不會苛責父親
變賣這塊夢土

測試時間的節數

溪邊沙地上躺著一根箭竹
它散發著孤獨的光亮
它離開了竹林就不可能再回去
檢視著它的身體
才發現山上季節早已入冬
竹節已有夕陽紅斑
它像一個一字
一條緊閉的唇線
不再訴說的一種最後口訣
一種從一到最後的節數程式

竹子尾端
還緊抱著蟬的空殼
那飛去的牠的身體現在何處
應該是去年驚蟄
牠就脫胎換骨
繼續追尋另一個時空
只要餐風飲露
又可以高笑人間

豈能像我

早已和母胎斷蒂
又和資本主義脫節
還緊抱勞動生產價值觀
在西瓜園和太陽
和自己的影子對話
過著與社會主義藕斷絲連的日子
此時愣在沙地上
想起她和我
兩個無產階級的性別
相異如石頭和花粉
一個入定一個飛逝

沒有懷孕就可以有孩子
子宮裡有一段空白
她說親生的孩子是後現代
在試管中張開眼睛微笑
笑容如她的晚年
是一個無可救藥的個人自由主義
喜歡分心的蝶不要分工的蜂蟻
那樣的日子

不知可以持續多久
就止息在那根箭竹的晚節吧
但她還是要去測試
她沒有看見時間原來沒有顏色和速度

而我兀自站在原點
看著腳印和影子逐漸陷深沙層
看著太陽
以不變光的意識形態
給多變的雲更多色彩

等待成熟

一粒半熟的西瓜被切成半粒
它漂浮在河面
它漂浮在夜色初臨的界面
白天和黑夜在河面交會道別
一條又白又紅的夕光
漂浮在它上面

漂浮在夜色和髮際交切處
眼神平行而去的地方
它越行越遠
像很久以前來過的幽浮
從銀河裡消失

它體內未成熟的種籽
正從蛙卵的白轉成蝌蚪的黑
慘綠色肉色正在轉紅
布滿經緯的纖維
像頭顱一般大
被切成一半的西瓜
縮成頸口大小的切面
在河面上漂浮

它向我張著大口
想告訴我什麼思想的秘密

像一個慾望的雛型
漂浮在生命之河面
從它最初張開花蕊求受
就註定這衰亡的命運

它應該長得飽滿多汁
在市場上被高聲拍賣
然而它未成熟就被切成半粒
漂浮在春分初臨河面已有霧
它被種瓜的人挑撿出來
剖開以後證明
他那一大片西瓜都必須再等待成熟
它像我從前出現過的思想
偶然思考的理想
在轉紅的過程中
漂浮在生命之河面
浮泛著白色的片光

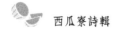

時間與溪河的鎖鍊

溪河的臂彎溫柔著母性
環抱著山頭例如嬰兒
從更高的地方看她們
從可以細數等高線的地方
看似一個半島鑲嵌在另一個半島裡
看似一隻伏睡幼龜
趴在一隻母龜上

雲從龜背上走過
例如時間
磨擦著陽光
從雲隙看見梯田方格
和甲骨文的象形文字

然而只是雲走過
那龜就有如聽到驚蟄雷動
牠正想蠕動腳趾和脖頸
那時間與溪河的鎖鍊
就立刻將牠縛住

我在牠的腳趾下

發現了一個西瓜石

它在太陽石旁邊

像落在水裡的殞石

那表面的網絡

彷彿被太陽射線

剮過一萬次一百萬年了

真像赤裸到看不見光芒的太陽化石

只要一碰到那溪河如時間的水

身上就有月亮的紋身

西瓜的絨毛

和時間的掌紋及鬍鬚

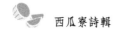

裸身太陽

潮溼的細胞逐漸乾燥
我感覺河床在乾裂
裡面濾出白晶鹽似的尿素
一切
都逐漸蒸發
當靈魂和意識也是物質
也會因蒸發而上升
還有影子
也向上蒸發成一株細細的絲杉

只有太陽還在下降
下降在藍紙上的白太陽
下降在白布上的紅太陽
被人類固化爲黨國圖騰的
終有被時間淡化爲歷史的一天
只有原生的太陽會再升起
從一百億年前到六千度C

在六十度C的沙灘上
長方形的西瓜園
像一塊滾燙邊的旗布

白色堤防筆直緊鄰如旗杆
我站在旗杆頂端
身體例如旗尖
赤裸開來
用閃亮的皮膚抵擋
沒有皮膚的太陽
用太陽反射的眼光
在旗布上影印象形文字

裸身太陽
縱橫在宇宙的田埂和溝畦
什麼時候才會看見自己的影子

堡壘與夢土

分析譜反射出雷達上的閃光
曲線圖重疊著波紋
像海浪從遠方繾綣而來
慢慢逼近
逼近我們的最後堡壘
西瓜園
像一塊受傷的版圖

在負成長的農業政策
與膨脹的國防預算之間
在西瓜園
和空軍基地之間
隔著一條海岸和堤防
走在海岸邊看堤防
或躺在堤防上看海岸
風沙和海霧溶解著視線
西瓜園從溪河中浮起來了
西瓜寮從西瓜園裡浮起來了
看夢土上
浮出了準備戰鬥的碉堡

從荒蕪而空洞
非常悲哀或眥裂的眼眶
伸出一隻鋤頭如重機槍
那些空中飛散的花粉
都是隱形子彈
或異化的眼淚
那些西瓜都是地雷

在最後的夢土上
浮起戰鬥的碉堡
為了堅守可以躬耕與書寫的版圖

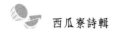

走在秋分向冬至的路上

走在秋分向冬至的路上
走在地球赤道如燙紅的鋼索
走在山稜線上一排楓
走在堤防上一線夕陽
走在夢中旋轉的路上
例如松鼠奔跑在囚籠

走在西瓜寮面向溪河的路上
用太陽的腳印
月亮的腳影
走在回家還很遠的路上
白色蘆葦花搖頭晃腦
走在勞動向思想回歸的路上

還有一些些
風中飛散的情緒
和愛情
在號稱均富而又君父的土地上
還有不死的慾望
和一顆貧窮的種粒
和不死的善念芽點

和要不要繼續在這土地上生根發芽的疑問

走在日夜交替的邊界
太陽以背
月亮以臉
星以眼
地球以溫暖的皮膚
摩擦著風和光
摩擦著水
摩擦著永遠走不完的路

走在秋分向多至的路上
是那麼的忙碌
例如松鼠奔跑在囚籠

站在突兀的石頭上

站在百萬年前
海底火山的震央
在浮起來的
一個突兀的山峰上

冰河浪海推擠的痕跡
以群山等高線的波紋向外擴散
在雕刻成的
一個下陷的星雲的中央

和那些過去的歲月一樣
像在沒有人的星球上站著
我還站在西瓜園中央
一個突兀的石頭上
西瓜畦綠色的條紋
沙灘的風波
溪河往山谷縮小的水線
和那些過去的歲月的臉譜一樣

謙卑的彎下腰
或蹲下來

看見自己的影子縮成一塊石頭
看見剛受孕就凋萎了
毫無牽掛和執著的
西瓜的雌花
空中
還飄揚著數以億計
用肉眼看不見的塵埃和花粉

站在突兀的石頭上
站在被石頭同化的影子上
被太陽和勞動
蒸發了水分的肉體
只剩下鹽漬一樣的肉體
像埋著煤和金礦一樣的深山
卻因為夜色逐漸降臨
而有著一股灼燒過的清泉
從眼眶的縫隙裡泪流出來
（這不應該有
卻已經有的物質）

音符

山像一座黑色鋼琴
山下的飛機跑道
被飛機一下子壓出一排白色鍵
飛機飛起像一個音符
溪河在此時放鬆身段
在山腳下張開河網
向出海口拉直的河網
在山影下呈現五線譜

溪谷舒張胸膛
開向出海口像喇叭
飛機飛起一個音符
溪谷在下方縮小了
開始變形彎曲
像一隻海馬

溪谷在下方縮小著西瓜園
西瓜園像揉搓過的稿紙
塵沙和風將它溶化
站立的影子像休止符
豆留在五線譜的尾巴

飛機緩緩上升
一個音符載著現代的機器
許多窗口和眼睛
緩緩消失在天空
除了聲音
我看見了一個消失的文字
和一個聲音的形體

提防

堤防提防著海浪的騷擾
堤防伸出手臂如水箭
向溪河叉開的雙腿
從那裡
從堤防尾端升起的太陽
彷彿海洋的陽具
溪河在出海口含著它
可以感覺那逐漸升高的溫度

堤防提防著洪水
洪水沿著超挖的凹陷改道
彷彿錯算了經期
那暴露的河床
像被剖開的腸胃
腐敗的食物
開始麇集蟲菌與毒素
連作的西瓜
開始變異和變態

我們提防河水氾濫保護河床
河床卻慵懶著滋生菌毒

當我們擋不住那洪水爬上河床
它縱慾以後
那癱軟的潔白的床上
已布滿腐爛的西瓜
雖然狼藉還是排列有序
像一串串受精卵
都已胎死
張著凹陷的眼
和歪擠的嘴唇

吻別與封印

金蠅紛飛如塵沙
隱隱聽見沙和沙摩擦的嗡響
有一隻沈澱下來
在成熟的西瓜上產卵就死亡
蜜蜂沾著雄花粉
向一朵朵雌花吻別
牠們都向西瓜們
注下死亡的咒語
和再生的密碼

成熟的西瓜臉上被蓋印
授記後如賣身契
都被留下一截蒂頭臍帶
它們一粒粒排列金光閃閃
像太陽的精子
河邊的石頭等著黑夜來臨
在夜氣中長出月色的絨毛
像河身排放的卵子
山谷空曠
山谷空曠如子宮

爬上堤防

在記憶的山谷
時常出現赭紅色的村莊
但它們都已漂白
不知什麼時候起
遠方
參差著火柴盒林立的建築
像所有的小市鎮一樣
總是泛著白色

不再以記憶做為回憶的車站
我爬上西瓜園向南橫阻的堤防
看見夕陽餘暉停在山稜線
與眼界平行下去
餘暉不再金純
它摻雜了膨脹的白色

爬上堤防
原是渴望看見一個城邦
紫磨金壁
烏托屋簷
在那裡沒有白色的慾望
沒有膨脹後的浮雲和泡沫

輯五

雲的行識

雲的行識

季節風常以一種呼吸
（其音如笙如簫如豎琴）
貼近心房告訴春天
雲是沒有形式
例如生命、生存、生活或歷史
但它還是會有行識圖騰
初看是魚鱗或馬鬃
似手紋、髮螺、花蕊
染色體或臍帶
山峰　或海浪的指尖
一大張撕裂的宣紙
註滿文字符號——
以象形與金木水火土，以其四肢
以甲骨文梵文拉丁文，以其腰背
似葡萄　西班牙　日，以其頭顱
皆以影子拓印在海上漂流

季節風常以一種口號
（其音如嗩吶如鼙鼓如長號）
撞擊耳膜提醒冬天

這雲還是沒有形式
繼續以行識圖騰流轉
攤開，如地圖和旗　或雪崩
瞬間已是軍艦、飛彈、戰機
或隱形武器　或膨脹的泡沫
在宣言　革命　制度與文明中浮沈
有時，人民如芻狗
人性如地上飛揚的塵埃
這雲，不忍　界於天地間
以歷史的書頁
輕輕翻過──

──來到這裡，
在一個島的上空而似一個島
俯視西太平洋而向西潛移
從冷戰解凍中調整身姿
以群島如珍珠串連頸項
以夜的風帆載著眾星
欲征服夢中最古老的大陸
驟然站定站直　如獨立的界碑

無言亦無字……

它觀望　從八方統一起來的雲團

在彼岸拱起烏托邦城市

紫磨金色的屋簷

櫛比鱗次至黃土高原才隱沒

如此遙遠，如此遙遠又不陌生

這雲，一翻身已是百年

這雲，像一張反戰傳單

要在風中流浪至何時

才會躺成和平

一九九六年一月中外文學第二八四期

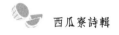

碩鼠

碩鼠碩鼠，無食我黍
三歲貫女，莫我肯顧

——詩經魏風・碩鼠

碩大無比比黑夜更難捉摸
在悉達多降世以前
在孔丘作春秋和詩經三百以前
牠早已無性生殖遺傳至今
當碩鼠經過你鼠蹊竄升
那種感覺，從生命到生活底層
你的肉體和靈魂就受牠牽制
——這有頭有尾正在膨脹的慾望
縱使死了還會留下灰色尾巴在人間

碩大無比比黑夜白露更難捉摸
從月洞般的井口或積水的火山嘴
牠經過時間隧道
走過一次鋼索和二次雪線
在我們的領土上出現了
在各種建設藍圖上踢正步
我們的圖騰被踩成佝僂和虛胖

214

幾乎就是牠碩大無比的影印

（大田鼠又名山胡能掘三窟藏身
飛鼠在樹與樹之間滑翔如F十六
錢鼠沿著寸土寸金的地鐵捷運爬行
竹鼠啃食冬筍節節升高預算
麝香鼠以體液分泌物試媒體口味
翻江鼠倒翻肚皮在海峽中戲耍風浪）

隨著科技進步牠們分工越細
應用各種物理和化學程式偽裝
從背後看時是凝固的液體
從前面看已是流動的固體
太陽下似田埂邊的石頭
入夜後卻長出月光絨毛
例如電腦螢幕上的游標
遊走在不再生產糧食的土地上

牠們已是他們，身體和圖章異化為子彈
貫穿圍標圍牆民代天窗
──這有頭有尾正在膨脹的慾望

如增生細胞繁殖直到鼠疫再度來臨，
愛情和麵包發霉長滿孢芽
沒有一個人願意再勞動生產糧食
天空充滿逃離的人形玩具氣球
沒有一朵雲願意再下雨給大地

　　　　　一九九六年十月十四日台灣日報副刊

寫給悉達多王子和盧安達的小孩

電視畫面再現盧安達
那些餓殍眼神傳真怨懟
經過頻率經過天界
也應該流過您慈悲的垂眼
悉達多，
在您生爲悉達多之前
身爲悉達多王子以後
在您願坐死坐思菩提樹下四十九日站起
是否就預見二千五百年後盧安達的小孩
必須身披螻蟻黑色皮膚
任令戰爭如洪水洗刷家園

他們來不及認識階級和社會主義
來不及生產或被稱爲農民和工人
來不及思考飢餓如何醱酵革命種籽
來不及聽您的故事
（您走過飢餓亦適合修行的路）
來不及共產與分配而再分配
來不及再解構而有所分別
飢餓

飢餓就吞噬了他們

有可能嗎？
請您以一念那旬可形容的速度
迴向返歸這個娑婆世界在您身邊手及
請坐在盧安達難民潮中
智慧他們日食一粟亦可存活
智慧他們從心頭汲取淨水解渴
或給他們化成虹身霓相
使他們免於病壞生蛆
除此，難有速效解救或解放
除非能頓使所有射出的子彈
都在槍桿膛線中停止輪迴

若是可行所見
從非洲沙漠成形以前白雪溶鑄湖泊
以成形的沙數計萬物逆旅的時間
復從最初超光年念速離心輪轉
火團，緩緩止息至地球自轉日夜
北極頭頂白帽冷視秋分
春分背面只剩一條赤道

赤道，像是天地爲人類刎頸的傷痕

赤道以南，貧窮的南半球
太陽下陽謀赤裸裸進行
人權、正義、民主、自由、資本
都被註冊商標有智慧產權
警察和流氓都穿上制服很難辨識
只有難民衣不蔽體，淚眼就可確認
一個民族主義者否認黑色代表懶惰
他控訴別人在貧瘠的土地上
盡情挖掘最貴的礦施捨最廉價的工資
鐵路像吸血管深入非洲大地
從黑色山脈運走鑽石、鈷和黃金

白色的慾望膨脹如泡沫包裹黑夜
但黑色轉身布施白晝
黑色的白晝從坑道通過地球心臟
回眸忍看地表殘留種族和種族的矛盾
慾望和無知的纏鬥
這些，您都致知了，悉達多
他們不是螻蟻

不是輕生的煙飛
不是冶金後黑色礦渣灰色炭爐
他們同樣有一顆心，如黃金
隱藏在礦裡，形同母抱子
請銷熔那些礦那些慾望和飢餓
請熄蔓延的燎火為地底安靜的煤層

悉達多，
他們受難百倍於您住生的父國
沒有四姓種別有百姓塗苦
他們身的生慾張開雙手求受
眼神黑白分明
瞋恚鐫刻在眼眶
悉達多，若是可能
請在他們心地顯現真平等覺
慧現白光強至極限眼前是黑
黑夜至黑凝聚白露是為調息生靈
如此，曾經浴火的肉體
才足以存續靜的能量
例如地球

例如飢餓
例如盧安達

一九九四年十一月二日中時人間副刊

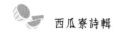

雲從海洋靠向山的偉岸

看不出是躺是蹲是站
那片雲似乎不動但已走了千里
她沒有肉體沒有恆溫
在氫氧的結構和解構裡
在閃電雷鳴之上
空氣與水的媒介或遺傳
看似沒有重量浮載月牙
其時沈重如鉛
在同溫層下方蛻變
在颱風眼邊緣迴旋
在大氣層龜裂的甕罅
她布告地球開始不滿的宣言

多變與瞋恚使她疲倦
但地球自轉不息促使她勇敢健行
走過許多革命中的城市
口號喧囂撼動她垂下兩袖滋潤人民
她以天責使命繼續前行
追尋質量不變的愛
俯視諸國，港口像環扣相連

日夜吞吐糧食和石油
而飢餓與慾望跟著消長

忘不了她走過盧安達
悲傷至極她臉色偏左
流不出眼淚甘霖給那些小孩
忍看世紀末之黑
以太陽的赤裸
烙印在人類的地圖如胎記
她不想疲倦但真的疲倦了
不覺得春分或冬至
緩緩從海洋向你靠近
向你
山的偉岸

她俯臥向你要使你溶解
以風的手指
從你的腋窩和鼠蹊
從小腿盤結雙股
繾綣、纏綿、攀緣
形似空行母歡喜禪的身姿向你

請你放下山的身段，舒緩等高線
如站定的陀螺
以生命的花蕊迴紋而上
向她，

像你，堅持質量不變的等待
從皇服迷彩到袈裟的戒色
從赭紅或墨綠，紫黛至紫磨金
從鑛和泥土的本質
向她，曾是你死火山體內不死
蒸騰過的水因子
——是你前世的妻子
從另一個文明以前回來
從海洋，緩緩向你靠近
請以群山和樹林編結成蓮花座
請她坐下，和她對話

一九九五年十一月二十六日更生日報四文方學

記端午正午時

太陽的光芒至白
至白　至透明
至看見時間　初生的頭顱
時間的乳汁
已凝固在蛋殼上了
那太陽系的眼睛
在蛋黃中間逐漸擴散

端午正午時
我的女兒把土雞蛋
在大地上站立起來了
我看見她跳起來
歡躍的影子
像一隻剛學會飛的麻雀
但她立刻又被地心引力吸住
沈默的站著　看著

沈默的站著　看著她的
我　是剛學會站立的陀螺
難道不是嗎　那不是容易的事
把耶穌基督的十字架

站立在琥珀的佛陀唸珠上
一定比把土雞蛋
在大地上站立起來困難　困難的
不是用理論科學的語言
或實證哲學的文字可以清楚
（不是利用端陽就可永遠消滅月亮
不是利用依賴或膨脹就可分開兩岸
不是用詩就可解構語言
不是用屈原的死亡就可重演歷史）

眼前女兒以她的身高
她的悲歡、瞋恚和慈柔
成長著她的生
她的背後　遠方
丘陵皺褶著山脈
在母親胎盤的大地上起伏　迤邐
她的背後　我的影子從橢圓拉長
拉細　越過自己雙手伸長的距離
像是要飛起來的十字

其時

女兒的頭　和我的頭

和蛋　太陽　小鳥　唸珠

和雨絲

若串連成一首詩　若一條鎖鏈

一個結　結　一個結

一個倒立的問號

會是一個天問　天問？

端午正午時

太陽的光芒至白

至白　至透明

至雨絲下來了

時間穿著虹的迷你裙

從眼睛和睫毛的空際走過

一九九五年八月三日更生日報四方文學

相思林的界

妳曾經告訴我
可以清楚的看見
秋天和冬天
在海岸線的陸連島上岸
在木麻黃的叢林吻合
在相思林的界上
分別

那時我們剛好爬上都蘭山
想像海底板塊運動
（那不死的土地意志
和繼續辯證的兩種意識）
因為力差而形成斷崖
有一對蝶魚
化石在崖壁上
不仔細看以為是比目魚
但同樣表示忠貞
如同岩石和礦

我曾經告訴妳
不要清楚的分別愛和瞋

如同海和浪

浪和潮音

從腳踝和耳規侵犯心跳

用鼻息調整它們

用吻

用舌抵住淚腺

然後吞下純淨的津液

從有色的黃昏

走向無色的暗夜

用手挽我回頭

從暗夜至黎明的邊岸

看見燈塔偶而才轉來一次眼色

如同妳觀想中的意念

例如星眼

在秋天和冬天

在相思林的界上

一九九五年九月二十四日更生日報四方文學

祭一隻母鯨魚

一九九六年十二月六日上午，黃金東海岸風景區起點，小野柳岩岸，一隻柯維氏喙鯨被海浪沖上岸，她與腹內小鯨，被附近居民分割而去，現場只剩骨架、頭、和斑斑血跡。她是地球上上岸的三十隻同類鯨之一，這應是島上今年冬天以來的第三大血案。

懷著將要出生的孩子
從百哩外妳看見我居住的島嶼
這島嶼散發著亞熱帶體溫
海岸線永不疲倦的蠕動著
一股暖潮循循善誘妳到來

也許妳剛告別孩子的父親
他在更遠的地方看著妳
祝福妳在溫暖的地方生下小孩
他遠遠看見這島嶼像妳們族類
百年前它就是那麼美麗與和平形體
百年前妳的祖先以音波如此訴說
從寒冷的北極傳導而來

也許妳只是想更親近一點

告訴這島嶼的人民
百年前遺傳下來的訊息
預告一個大地震的來臨
或是深海神曲的頻率
一個失憶中的誤區
或是百年後的大海嘯
或哺乳類胎生的最初程式

沒有人知道
沒有人知道妳是如何上岸
只有海浪和夜色知道
只有死神的眼睛看見妳
被曙色一樣的利刃剖開肚皮
斧頭砍斷頸骨
鮮血噴薄在天邊
躺在豆腐岩脊骨上
妳的身體像一個後現代的驚嘆號
深深印在豆腐岩上甲骨文網絡中
像大海懷孕著妳
妳懷孕的小孩

只是一個逗點
翹著僵硬的尾巴
妳們突然在方格子藍色稿紙上消失

焦急的海浪的手指
被人性的貪婪推波回去
無法拯救妳於一息尚存
彎弓的骨架沒有箭矢沒有弦
血沿豆腐豈溝槽流回海裡
短喙的頭絲連腸胃
任人宰割分食
妳地球上三十分之一的活化石

血腥乾貼成豆腐岩的皮膚
成為太陽下龜背的印記
在夜裡會發亮和發聲
警告孩子的父親
不要再靠近這島嶼
這島嶼已不是美麗的原鄉
已不是和平的圖騰虎耳魔鯊
這島嶼腹內藏滿了飛魚飛彈

雲母飛彈和慾望的火藥

這島嶼比百年前臃腫百倍

輕輕一戮就有可能爆炸或潰散

如果妳只是來預警大地震或大海嘯

感謝妳的善意

這裡可能爆發的戰爭

比妳預警的劫難還可怕

請安息吧

妳和妳的孩子

我和我們的孩子

合掌向著藍天和大海祈禱

百年後這島嶼還是美麗和平的福爾摩沙

　　　　　一九九六年十二月十八日台灣日報副刊

犁

雖然我的童年
就像我住的地球上的小島
被藍色的海擁抱著
雖然我的老年
可能只是在小島周圍蠕動
永遠不疲倦的海岸線
我　　還是
農民的兒子
縱使死亡把我埋進土裡
我還是會像腐爛後的種籽
用手指的白芽探索身邊泥土的結構

坐在剛犁過的黃土山坡上
看著山下圓圓的大海
被一隻船艦犁出浪花
那時我正想著初戀
她黑白分明的眼犁
正翻開我體內隱藏不安的春牛圖

然而我只是農民的兒子
祖先留下來的遺產

只是一條和別人共產的河流
再怎麼捌彎扭曲
也流不到她家朱門前
然而像犁一樣
有著微微翹起的嘴角
我不說話的離開了

我只想去過另一種生活
像船犁著浪花
像犁用白色銳利的邊腮
深深翻開黑色的泥土
我試著過一種生活
黑白分明爽快俐落
例如浪花和泥土的笑

我試過
用新鑄的犁
犁過她微微隆起的土地
但犁不完的是
她的財閥的家族
和家族後面的那些深邃和神秘

所以我雖然還是農民的兒子
但犁已生鏽的擺在牆角了
牛
早已是被時代解構成
各種階級分明的層肉商標
我的家族的公有地
消失在她家族的所有權狀裡
（這種進行的公式我始終學不會解答）
就是那些模糊的力量
使我的犁在牆角生鏽

有時想憤怒的把我的犁舉起來
向山下的海用力拋出去
在弧線下它看起來像錨錠
它落下去的地方
卻是那伸進海面的海岬
連著細細的海灣
就像犁的形狀
尖尖的向海犁出海岸線
但，它還被身後的力量拖住

——那像山，像生活一樣沈重的一股力量

我憤怒的舉起我的犁
又輕輕的放下來
它雖然已經生鏽
但我還看得見，在太陽下
它閃動著我祖先血液的光亮

一九九六年十月二十七日更生日報四方文學

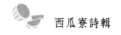

志航基地

志航基地
在都蘭山腳下
長長的跑道伸向太平洋
像拉緊的繃帶覆著傷口
寂寞的飛行員
有時以為跑道就是他情人的乳溝
左右兩邊山崙突出雙乳
他從中間把機身昂起
上升——
他看見黃金東海岸
就像她裸露的臂彎和腰臀

長長的跑道下面
曾經是一條清湛小溪
小溪兩邊是翠綠的甘蔗和稻田
平坦的跑道下面
鋪滿了都蘭山沖刷下來的麥飯石
太陽石、介石、藍寶石和西瓜石

志航基地在太陽下靜靜等待
從美國訂購的F十六戰機

在小蘭嶼上空練習射靶
（蘭嶼的雅美族青年
看見彈殼像眼淚
從崖壁上滾落）

志航基地旁邊
居住著阿美族原住民部落
（他們被戰爭逼進深山裡
又從被建築成彈藥庫的深山搬出來）
他們靠著卑南溪的河川地種水稻和西瓜
去遠洋或當建築工
景氣不好了他們又回來

如果戰爭了
志航基地是被轟炸的大目標
這原住民小部落準備再遷徙
但他們要搬到那裡去呢
他們沒有錢移民到北美或澳洲
如果那些主張借外力會打勝仗的人
都願意發誓戰死在這土地上
不會像以前南越的阮文紹

（但這個社會發誓了就一定讓人相信嗎）
例如那長長的跑道下面
曾經有一條清湛小溪
曾經是肥沃的稻田
並且鋪滿了數不清的寶石

一九九六年三月十八日聯合副刊

泡影

在翻捲的浪花上升起
在直瀉的瀑布下飛散
只要有陽光
我們就能架起彩虹
然而我們永遠是一串夢幻

一九九七年聯合副刊

頭髮舞

你看見過黑色的海浪嗎
她們在海邊翻捲
海鞠躬彎腰
海向後退
海蹲下來在藍天底下

你看見海的頭髮了嗎
她們又走過來
向海岸披散
太陽的頭立刻趴伏在夜裙下

你看見生活被固化的版畫嗎
它們刻在她們生命的臉上
例如陽光用針在風臉上刺青
時間在額頭上摺疊皺紋
例如海波
雲的魚鱗
蝶魚的紋身
像月光中震顫著她們的歌聲
她們，蘭嶼的雅美族婦女
在海邊甩動著頭髮舞

一九九六年十一月二十六日聯合副刊

242

勇士舞

邪靈向他們靠近
一大群烏賊吐墨
像黑雲能夠變成礁岩
海浪突然退後倒翻
邪靈被他們驅離

雅美族的男人
胯間丁字褲
像用麻布擰成的白色十字架
從他們鼠蹊傳導陽功
用一根男性
和烏木棒
高高舉起狠狠向木臼洞撞擊下去

用赤膊
和裸體的太陽
一起半蹲下來
往上跳又向下頓步
把影子踏扁踏進土裡
濺起泥濘和灰塵
然後像飛魚穿過海浪叉開的手指

他們腳板後翻例如尾鰭

然後像山豬

紅眼裂牙咬向邪靈

他們手握拳頭哼哼著前進

彷彿橫行向海洋沒有柵欄

彷彿他們牽手在山上搖擺

其實他們就是在山上搖擺的海浪

圍著他們的島

和裸體的太陽

一九九七年二月十五日聯合副刊

獨木舟

在它的記憶裡
樹曾經躬著腰
從山上走下來
死亡被刨開
被刨開的樹皮
像片片復活的浪花
樹脫胎換骨
成形的獨木舟舉起雙手
以它的初生
以樹的靈魂
游行在海的身上

旋轉在樹體內的年輪
變成了獨木舟的眼睛
獨木舟看見了時間的形體
黑白相間
例如凝固的漩渦
雕刻在它的兩舷

獨木舟首尾翹起兩叉浪尖
像是微笑著的嘴唇
抿緊弧形唇線

不想啓唇露出齒舌
或許想要回復成樹
回到山上
成爲浮在山頂上的月牙

天生孤獨的獨木舟
在海邊聽見
森林中樹和樹在說話

在孤獨中須索絕對自由的
獨木舟
像月牙垂掛向海面的釣鉤
用月光鉤著海浪
用那不可能的可能

然而你看過最孤獨的海浪嗎
它爲了那一種自由
可以在海上流蕩
也可以到岸上休息
那最孤獨的一片海浪
在海邊靜靜的不動了
那獨木舟
只閃動著樹骨的磷光

輯六

附錄

夢土詩魂

——評詹澈《西瓜寮詩輯》　　　　■沈奇

　　在近年臺灣現代詩的發展中，中生代詩人詹澈的創作成就正越來越為詩界所關注。自1994年起，詹澈以厚積勃發的態勢，相繼推出一系列以「西瓜寮詩輯」為總題的作品，以其厚重的精神含量、清新的語言風格、獨自深入的鄉土情懷，令詩壇人士刮目相看。1995年，代表作《翡翠西瓜》入選張默、蕭蕭合編的《新詩三百首》；1996年，以一組《西瓜寮詩輯》獲第五屆陳秀喜詩獎；1997年，以代表作《勇士舞》入選《年度詩選》並獲年度詩獎；1998年，集十餘載心血為一集的《西瓜寮詩輯》隆重出版；儘管因各種因素，詹澈多年未能入選臺灣《年度詩選》，但1997年第一次入選，便獲得詩獎得主，也說明了臺灣詩界對其近年突出成就的高度肯定。

　　潛心研讀完詹澈的這部詩集後，作為臺灣現代詩學的研究者，我的第一感覺是：這可能不見得是一個最優秀、最經典的文本，但確實是這個世紀交替的時空下，現代漢詩之最新成就中，特別值得重視和有研究價值的一個文本。

在這部詩集的出版導言中，有這樣幾句介紹詹澈的話：「他是現代知識份子，是農運推動者，也是傳統的農民詩人；從他的詩中，看到了對大自然的情、農業工作者的革命情懷與理想，以及詩人冷靜的美感與想像。」

從這裡我們得知詩人詹澈，在臺灣現代詩人的行列中，有著一個怎樣特殊的身分背景；而身分也常常便是立場的標誌：代表誰言說或為什麼言說，由此決定著詩人的詩歌立場，也同時決定著詩人作品的精神位格與藝術風格。

我們知道，隨著「現代性」的濫觴，當代詩人（尤其是臺灣詩界）大都扮演著激進的知識份子角色，其作品的表現物件，大都以城市意緒或超社會身分的精神空間為主，間或涉筆鄉土或農村題材，也是以城市的視角、回憶的形式、過去時的情懷來展開，且只是將其作為一個參照的喻體，落腳處，仍是城市知識份子的立場。另一方面，許多打著「鄉土詩派」和「農民詩人」旗號的創作，則長期陷入非詩化的泥淖；或執迷於所謂「新田園牧歌」式的小情小調，或自閉於所謂「土風」、「鄉情」等社會學層面的詩

形詮釋，很少能企及現代詩的基本精神內涵和藝術品質——一句話，當代兩岸詩壇，一直鮮有真正意義上的、深具現代意識和現代詩美品質的農民詩人。

　　由此，詹澈的崛起，方使我們感到莫大的欣慰。他以其迥然不同的詩歌立場，完全不同於一般農民詩人的專業風度，以及到位的現代意識和富有時代感的當下關切，為我們打開了一片陌生而又親近的詩性原野——這「原野」是我們在現代化的急進中，所一再疏忽了的，如今經由詹澈的拓殖，重新煥發出她清新健朗的生命活力，使我們得以從一個新的側面，傾聽來自土地和勞動者真實的呼吸，帶著詩之思的呼吸——

> 走在勞動向思想回歸的路上
> 還有一些些
> 風中飛散的情緒
> 和愛情
> 在號稱均富而又君父的土地上
> 還有不死的欲望
> 和一顆貧窮的種粒
> 和不死的善念芽點
> 和要不要繼續在這土地上

生根發芽的疑問

——〈走在秋分向冬至的路上〉

關於土地，我們究竟都知道些什麼？

我們——現代詩人們，學者們和教授們，以及那些為土地所生養，而後離開土地定居水泥地漸次忘卻了土地的人們，究竟對土地，知道些什麼？隨著現代化亦即工商化、城市化的急劇推進，「土地」正加速度地離我們遠去，成為時間的背面、空間的暗處，成為蝸居城市的精神漂泊者偶爾想起的、或可寄託一絲半縷新愁舊緒的幾個語詞……實際上，對於包括詩人在內的大多數現代知識份子而言，土地的存在，早已如出生時的胎記一樣，為長大的身體所疏忘，以致我們從未真正對它作過直面的思考和言說。「夢想在遠方」，「生活在別處」，無論出於何種原因何種藉口，我們大都成了土地的「逃離者」，間或在回憶中泛起幾縷故土情思，也已成客態之思，僅作為對此在的映襯，而再也難以企及她存在的真義。應該說，只有那些長久而深入地與土地同在的詩人，才有可能成為土地真實的精神器官和真切的詩性神經——而我們都知道：那樣的一種「同在」，已無異於「殉道」！

　　詹澈正是這樣一位「殉道者」──一位以土地為「夢土」，以「詩的郵差」為己任，堅持生活於斯、創作于斯，代表「沉默的大多數」，向現代社會傳遞存在之最基礎層面上，那一脈純樸、深切的詩之呼吸──

縱然死亡把我埋進土裡
我還是會像腐爛後的種籽
用手指的白芽探索身邊泥土的結構

　　這是詩人寫於1996年秋天、題為《犁》的一首詩中的句子，此時，詹澈已在他的「西瓜寮」裡「殉」了十多年的「道」。從這首詩中可以探測到，詩人以「犁」自況而堅守在他的「夢土」上的艱辛處境和矛盾心態，以及最終不可動搖的堅卓情懷：「有時想憤怒地把我的犁舉起／向山下的海用力拋出去」「但，它還是被身後的力量拖住／──那像山，像生活一樣沉重的一股力量」，正是這樣的「一股力量」，使詹澈無論是作為詩的存在，還是作為詩人的存在，都與當代大多數詩人區別了開來。

　　按詹澈的自述，這部《西瓜寮詩輯》「前後寫了十五年」，其中有許多是迫於於生存的擠壓，先「斷

斷續續用小紙張記下了一些片斷的句子」,「放了十年,再拿出來整理」的。對於這些直接分泌於土地和勞動的詩句,詩人在較之於對生存的深重體驗中,當年曾認為「那是無力的、奢侈的、多餘的」(《西瓜寮詩輯‧自序》)。這樣的忖度別有意味,實際上,詩壇確實一直存在著那些「無力的、奢侈的、多餘的」東西,那些任由生命的意義和藝術的精神,一味消泯在話語的操作中的東西,敗壞著現代詩的精神質地和藝術品質。也許正是從這一「忖度」出發,詹澈才決心在命運所拋給他的這片「夢土」中堅守下來,

> 所以我必須繼續和初月
> 和日出辯證
> 什麼才是會變的光
> 什麼才是土地裡不變的意志
> 和體內不減的能量勞動
> ——〈路像入夜後的山谷〉

這種堅守的艱難與不易,是常人難以想像的,我們只能從詩人的作品中體察到一些況味:

站在突兀的石頭上

站在被石頭同化的影子上

被太陽和勞動

蒸發了水分的肉體

只剩下鹽漬一樣的肉體

像埋著煤和金礦一樣的深山

卻因為夜色逐漸降臨

而有著一股灼燒過的清泉

從眼眶的縫隙裡淚流出來

（這不應該有卻已有的物質）

——〈站在突兀的石頭上〉

這「物質」便是詹澈的詩情，分泌於「鹽漬一樣的肉體」產生於「埋著煤和金礦一樣的深山」。也便有了如鹽、如煤、如金子一樣純正、質樸和堅實的品質！

這樣的一種品質，不僅不是「多餘的」，而且正是我們這個時代所一直缺少的。實則詹澈經由他長達十五年的堅守，不但以其現代詩人的筆力，為我們刻畫了一卷當代臺灣鄉村生活的變遷史，同時更為我們展現了一部詩化的、現代農村知識份子的心靈史——

整部《西瓜寮詩輯》，就其內在的理路而言，正是這一心靈史的分行記錄：「詩和我、我和肉體、影子和大自然、石頭和西瓜，都以各自相同或不相同的語言和文字溝通交談。」在這種「交談」中，「讓在科技與自由經濟體制中忙碌僵化、異化的心靈再生起一些淨水的漣漪」（《自序》）。

顯然，這樣的詩路與心路歷程，在我們這個時代是獨在的，是任何其他的寫作立場所無法替代的——這些來自存在之根部的詩情與詩思，給我們過於高蹈而時顯蒼白的詩之肌體，注入了一股特別鮮活而富氧的血液，使我們感受到另一種詩的力量、詩的氣質、詩的魅力。

收入《西瓜寮詩輯》的作品，按創作時間排序，共分五集，前兩集近二十首，為早期習作，後三集七十餘首，為1994年至今的成熟之作。兩個階段之間，相隔近十年，其創作題旨基本一致，但內在品質卻有根本性的變化。

從前期作品中可以看出，詩人雖然對他置身其中的土地與勞作，持有一份真誠的情懷，但詩思的觸角並未深入，僅止於對鄉村意緒和勞動場景質樸平常

的感情描述上。間或也有一些敏銳的詩之思，卻因未能有機地融入，常顯得突露而生硬。想來此時的詩人，雖已有近十年的寫詩經歷，但迫於生存的困擾，心態未至沉穩。對他腳下的土地，詩人暫時還處於一種客觀的傾聽，心有旁騖而難以紮根。從一些簡要的資料中可知，這一階段前後，身為年輕的現代知識份子的詹澈。「經歷過大都會的洗禮，有過社會改革者那樣熱烈擁抱意識形態的時期」（李魁賢〈西瓜寮詩輯‧附錄‧勞動與昇華〉）。在經歷了「足以用長篇小說容納的經歷」之後（《自序》），詩人冷靜了下來，最終認領了他的「現代鄉村知識份子詩人」這一不無尷尬的特殊宿命，重返鄉土，沉下心來，在新的勞作和思考中，繼續他中斷多年的《西瓜寮詩輯》的創作，並開始收穫他晚來的成熟——對這一成熟的認知，我總結概括為以下三點：

一、具有內源性的精神質地

　　重返「西瓜寮」的詹澈，已是與腳下的土地血肉相連、相依為命的主人，而非心有旁騖的過客。此時的詩人，目光更趨沉著，情懷更加深切，「手中握緊一團沙／心中就團緊一個星系」（《星光與波

浪》）。一方面，詩人在對宿命的認領中，徹底與土地融合為一體，以勞作的肉體去感受「地熱從沙粒傳導至鼠蹊」，感覺「星光藉水分子滲入皮膚／真想就此止息／和水、和沙、和光／和夜同時溶化」（《與夜河平行》），由此成為土地真實的精神器官；另一方面，詩人不忘以為外部現代生活浪潮洗禮過的靈魂，去觸摸和體味在時代的邅變面前，土地的脈息發生著怎樣的震盪和困惑，是以常常如「一顆巨石，在那裡孤枕難眠／它獨自亮起夜晚來臨前的星光」（《動或不動的夢土》），由此成為土地真切的詩性神經。對現實的參與和自我的挖掘，成為詹澈這一時期貫穿始終的精神母題，在這一母題的統攝之下，詩人的精神位格與藝術品格，有了具有內源性之光的照耀，從而漸趨獨立、鮮明、堅實而自信。

二、具有獨創性的題材開掘

《西瓜寮詩輯》立足於農村題材，但經由詹澈的重新開掘，拓展出了新的天地。這裡的關鍵，在於詩人並未在他身為土地的勞動者之後，放棄自身現代知識份子的精神立場，在注重於感性的體驗中，貫注於理性的思考，從而從傳統的「采風角色」中超脫了出

來，從中開掘出富有現代性的內涵，使一再陷入土風鄉情式困境的農村題材，得以向現代詩性展開。在詹澈的筆下，不乏對鄉村生活的生動描繪和對自然景物的鮮活表現，且時時有不同凡響的驚人之筆。但詩人一開始就明白：「除了給瓜苗灌溉／除了生活與風景／還有別的」(《風景之外》)這「別的」才是詩人詩思的著力之處──土地和土地上的勞作者，在歷盡滄桑之後，在時代風雲的沖刷之下，依然躍動著的那種激蕩著理想與幻滅、裂變與再生的生命潛流，才是詩人真正一往情深的詩之靈魂──土地中的人格意志，以及對生存意義和價值觀念的困惑與反思，使詹澈的「西瓜寮詩」較之以往所謂農村題材的作品，有了質的飛躍和根本性的變化。正如張默、蕭蕭在其編著的《新詩三百首》中所評點的，詹澈的詩：「具寫實主義有聞必錄的細膩風格，也有理想主義燃燒自己的浪漫個性。」直面鄉村現實，深潛心靈世界，兩個支點，一個題旨，且統攝於「西瓜寮」這一既平凡又特異的大意象中，坐實務虛，純駁互見──由詹澈所創化的這一新的農村題材風格，在當代兩岸詩壇，可以說，是頗有開啟性和範例性的詩學價值的。

三、具有親和性的語言風格

讀詹澈的詩，有一種特別的語言親和性，如感受一粒粒「真實的西瓜／不知不覺已經長大」「無需歷史辯證的法則／無需人性解析／在月光下發著微微的光亮／早已是個存在」（《翡翠西瓜》）實際上，在代表作《翡翠西瓜》一詩中，詩人已通過對「工藝品西瓜」與「真實的西瓜」的隱喻性比較後，直接用詩句表明了他的詩歌語言觀：

> 想用最平白的語言
> （像對著已過身的不識字的母親說話）
> 想用最簡單的文字素描翡翠西瓜
> （像在像貝殼像貝葉的西瓜葉上寫象形文字）

當然，這樣的告白只是一種立場的告白，實際的語言創化中，詹澈還是注意到了在平實、清新的語感基礎上，不斷吸納和融合富有現代意識和現代審美情趣的語言質素，增強自己的語言表現力。這裡，除了詩人長期形成的良好語感外，詹澈還特別得益於真實的生存感受中，所獲取的細微觀察和精妙體味。像「初月薄如竹膜」這樣的詩句，沒有長久與月同在同

呼吸的生活，絕難隨口道出。再如形容河邊的沙粒：
「蒸騰過白天的燥氣／粼粼散發著寂靜的光亮／好像
星群彼此猜測著自己的名字」，真切而又精美，非外
人所能及。尤其詩人筆下的雲，簡直就是詩人心靈
的外化，純樸而靈動，厚重而憨稚，常與詩人互為觀
照，傳遞著微妙的暗涵：

> 一朵雲蹲下來
> 蹲在也是蹲著的山上
> 大概是被太陽曬累了
> 隨著黃昏把姿勢放軟
> 我把手中的工具放在樹下
> 蹲著看夕陽如何被雲
> 吞進山的口袋
> ——〈耳唄〉

　　運用得當的口語，清明有味的意象，沉穩客觀的
敘述中浸漫著如夢的意緒，一句「把姿勢放軟」，令
人心為之一動，感同身受而親近無隔。
　　對詹澈《西瓜寮詩輯》的研究，使我始終想著
一個問題：對於那些並非天才型的詩人而言，如何在

漫長的寫作中，在紛紜的詩壇上，最終找到自己的位置，確立自己的價值呢？這其中固然取決於很多因素，但能否堅持契合自己精神氣質的、有方向性的藝術探求，恐怕是其最關鍵之處——詹澈和他的《西瓜寮詩輯》便是一個有代表性的例證。

　　僅從純藝術角度考察，應該說，詹澈的創作，尚有許多未臻完全成熟之處。譬如詩思的展開缺少層次感，間或也涉及一些並置、跨跳等手法，但大都脫不了單一的線性架構，形式感不強。同時，一些未經有機處理的觀念性語詞的強行插入，以及敘述中過多連接虛詞的使用，也都影響到部分詩作的藝術成色。但總體而言，詹澈在這部詩集中的表現——他的真誠、他的專純、他的火熱情懷與沉潛心態，以及對現實與理想、道德觀與審美觀的和諧融合，都是我們這個時代所欠缺而珍視的。尤其是他對詩壇長期難以達到更高水準的鄉土及農村題材的突破性拓殖，具有特別重要的價值，也由此確立了他在當代詩壇別具一格的位置。而對於一位深具內力和長途跋涉腳力的詩人而言，我們更可寄厚望於未來，期待著詹澈在新的進發中，奉獻更耀眼奪目的成就。（作者為詩人、詩評家、陝西經貿學院漢語言文學教授）

西瓜寮詩人詹澈

■毛翰

西瓜寮可不是什麼象徵物，而是一個真真切切的所在。寮，意為小屋，舊時有僧寮、茶寮之謂。陸遊《家貧》詩云，「囊空如客路，屋窄似僧寮。」到了詹澈這裏，僧寮變成了西瓜寮，也就是種瓜人看守瓜田的棲身之棚。西瓜寮主人恰似遠離塵囂的苦行詩僧，錢囊羞澀，詩囊倒可與人鬥富，在《土地請站起來說話》、《手的歷史》、《海岸燈火》等詩集相繼問世之後，又出版了一部厚重的《西瓜寮詩輯》。其版權頁上，書名英譯為The poetry of watermelon shed.

在魯迅的《故鄉》裏，少年潤土手持胡叉在月夜看守瓜田，要看的不是人，而是一種叫做「猹」的聰明伶俐善於偷食西瓜的野生動物。如今，「猹」是不見了，大約已被人類獵殺殆盡，淳樸古風似乎也不復存在了，獵殺了過多野生「猹」類的人，自己也不免多了一份機巧與貪婪，成了西瓜寮主人要重點防範的動物。「躺在木板上，／抓一把稻草當枕頭……今夜，／我守著偷瓜賊，／刀棍放在牆角……」不過，遍讀《西瓜寮詩輯》，只見詩人枕戈待旦，卻不見夜

間捉賊的驚險情節。或許有些相關鏡頭沒有輯錄進來，詩人畢竟是詩人，他的興奮點不在這裏。

詹澈對於二古（詩評家古遠清，古繼堂）稱他為「農民詩人」不大以為然：「因為我不想只是成為一個『農民詩人』，而是做為一個『詩人』，例如陶淵明與鄭板橋、佛洛斯特或里爾克、惠特曼或艾青、歌德或葉慈。」我猜詹澈的意思，是不想讓自己的詩只限於關注農田農家，而要關懷整個民族，整個人類社會，使自己的憂思和遐想關乎更為廣闊的大地和天空。但在詹澈的詩中，確有大量的篇章糾結於農村生活、農業社會、農民情懷，畢竟他不是山水田園的觀光客，也不是為「體驗生活」，為「尋根」，為躲避塵世喧囂、尋找返樸歸真的感覺，到農耕世界作短暫逗留，他是一位嚴格意義上的農民：「起來，／抗拒大商家無理剝削。／我們不再是未成熟的西瓜，／讓大商家任意敲打。」（《今天》）「『菜價慘跌，民主何用！』／讓口號淹沒整條街的塵囂」（遊行））——何止是感同身受，詩人自己就是農民，親歷著農民的情感過程，由他來做農民的代言人，沒有任何矯揉造作。「白蝴蝶，黃蝴蝶，／在菜的園遊蕩。／絲

絲的晞光，／隨蝶翅上下飛揚。／／這田園風光，／
這彩色的波浪。／仿佛春在喧嚷，／仿佛春波蕩漾。
／／但這不是，這已不是『美』／，這是農家的災
難……」（《蝴蝶與好年冬》）翩翩的蝶舞，浪漫的
梁祝，夢幻般的小提琴協奏曲，蔬菜欣賞不了，農民
欣賞不了。身為農民的詩人，他憂心的是，「每年春
夏，全省葉菜類都會被吊絲蟲嚴重侵害，平均三天五
天要噴一次農藥。」

　　五十年代，詩人聞捷在天山腳下寫下了一組優美
的牧歌，其中有一首《種瓜姑娘》，說「棗爾汗眼珠像
黑瓜子，／棗爾汗臉蛋像紅瓜瓤，／兩根辮子長又長，
／好像瓜蔓蔓拖地上。」那是他作為生活的採訪者，作
為藝術的采風者，所採擷到的一支明麗可人的旋律。詩
人詹澈則是自己作為種瓜人，和父親一起，在西瓜園裏
勞作了一年又一年。紮根於河邊並不肥沃的沙灘地，
「被烈日、熱沙，／微收了汗水。／被月華、清風，／
撫慰了疲憊的心身。」詩人的思緒像長長的瓜蔓，那瓜
蔓上年年歲歲結出的西瓜，是一首首不唯甜美的詩。

　　詹澈的《西瓜寮詩輯》裏，沒有那種輕盈悅耳的
「農家樂」，也沒有那種居高臨下對芸芸眾生作情感

施捨的「憫農詩」，當我們從各種媒體上不斷地聽到「臭氧層空洞」的報導，總以為那杞人憂天，離我們還很遙遠，至多不過是女孩子夏天出門撐一把半為遮陽、半為撒嬌的尼龍傘，豈知臭氧層破壞造成的「暖冬」，殃及農作物歉收已讓詹澈們憂心如焚！以農為生，實實在在地從事著農技工作和農田勞動的詹澈，有別於某些心不在焉的田園詩人，他對農家的辛勞和疾苦有著痛切的感受：

> 讓門前犁翻的蔗根
> 向月光坦白傷痕
> ──〈向月光坦白傷痕〉

即便他的詩緒於不經意中，偶爾遊離農家，飄忽於別一境界：

> 如果黑夜是一片非常大非常大非常大的桑葉：
> 那泛著一團白光的村莊靜臥在山谷
> 好像是一雙春蠶爬上葉柄它的頭昂起向月亮
> 月亮就是葉片裏被蠶食的洞……

　　片刻神遊天姥後，「蠶一樣吐絲的思路」還會重返人間，重返這片他用汗水澆灌的土地，這片生長著他的希望和苦難的土地：

──雲啊……
因為難以謀生而離開農村去吧
因為一聲叫喊──山谷、月光、夜氣
和靜臥如雲團的村莊
回響一股黎明前的不安和騷動
──〈雲的思路〉

　　詹澈當然不僅僅關心農家，他也關心整個社會，整個人類。當「打靶的部隊走遠了／山壁更加乾黃而顯出空寂」，「山腳下／一群小孩忙著撿拾彈殼」，在西瓜寮門口，憑眺遠山夕照，和原住民村落的燈光，詩人便開始「思考一種在人性空間裏／難解的方程式」「子彈和糧食／經過小孩純真的雙手／在成人的世界裏／往往變成權欲、戰爭與饑餓」（〈子彈和稻穗〉）。

　　遙望季節風吹來的一片白雲，詩人會浮想聯翩：「初看是魚鱗或馬鬃／似手紋、髮螺、花蕊／染色體或臍帶」；繼而覺得那是「一大張撕裂了的宣紙」，

注滿了象形與金木水火土的符號，和甲骨文、梵文、拉丁文等等文字，「以影子拓印在海上漂流」；轉而又覺得這片雲像是攤開了的地圖和旗，或雪崩，像是軍艦、飛彈、戰機或隱形武器，或「膨脹的泡沫／在宣言、革命、制度與文明中浮沉」，詩人不忍見「人民如芻狗／人性如地上飛揚的塵埃」，詩心感傷著，為民族，也為人類的命運擔憂：

> 這雲，一翻身已是百年
> 這雲，像一張反戰傳單
> 要在風中流浪至何時
> 才會躺成和平
> ──〈雲的行識〉

　　而所有這些詩情詩思，都出自台東縣一片河川地的西瓜寮。與當年陶淵明「結廬在人境，而無車馬喧」不同，詹澈的西瓜寮所在的地方，「河堤北邊空軍基地上F-14戰鬥機起降，那飛機非常沉重，每次起飛都必須怒吼或喘息，它是一種機械，為戰爭而準備的武器，是一種壓迫和巨大的陰影。」不是詩人多愁善感，在中華民族百年憂患與鬥爭之後，在這種依然

驅不散的同室操戈的民族悲劇的陰影下，詩人，怎能熟視無睹，怎能「采菊東籬下，悠然見南山」呢？

　　誠如詩人李魁賢所說，「詹澈不是一位傳統的農民詩人，他基本上是一位現代知識份子，經歷過大都會的洗禮，有過社會改革者那樣熱烈擁抱意識形態的時期，但他回到鄉鎮的自然懷抱，詩人冷靜的美感經驗又改變了他的思考領域。」在關懷社會，關懷人的社會存在的同時，詩人當然也關懷人生，有著生命意識，關懷人的形而上的哲學存在。而每逢此時，詹澈的詩便是顯出一派純淨、空靈之風了：

　　獨木舟首尾翹起兩叉浪尖
　　像是微笑著的嘴唇
　　抿緊弧形唇絨……
　　然而你看過最孤獨的海浪嗎
　　它為了那一種自由
　　可以在海上流蕩
　　也可以到岸上休息
　　那最孤獨的一片海浪
　　在海邊靜靜地不動了
　　那獨木舟

只閃動著樹骨的磷光
——〈獨木舟〉

　　詹澈對詩有著一種神聖的使命感，他相信，「詩
將會像一塊堅硬而神秘的隕石，抵住人類在欲望中逐
漸下陷的腳後跟，詩人寫詩就像戰士守著地球上最後
的一座堡壘，詩人堅守著人間最純淨的一片夢土。就
像在形如夢土的西瓜園勞動過，在西瓜園浮出如碉堡
的西瓜寮中寫過。」在某些「後現代」的Playboy作
興調侃理想、解構崇高、遊戲人生，「玩詩」成為時
髦，痞氣充斥詩壇的今天，這種詩的殉道精神也就彌
足珍貴。

　　西瓜寮——詩的堡壘。有詹澈們頑強堅守，詩不
會亡。（本文作者為詩人、文化評論者、福建華僑大
學中文系教授）

原載《更生日報》1998年11月15日

勞動與昇華
——勞動的詩人　　　　　　　■李魁賢

　　詹澈以《西瓜寮詩輯》贏得今年度第五屆陳秀喜詩獎。二十餘年前，詹澈以革命青年的心情在台北闖蕩詩壇，投入社會和政治運動，後來回到台東區農會從事地方基層工作，以其所學專業知識服務農民，於茲也將近二十年。

　　詹澈從年輕到現在邁入中年，念念不忘的思想主軸就是「愛情、革命，農民和資本家」（〈流星〉）。於今成家後，愛情的重點在於親情，而在革命的激情過後，詩人落實到基層的建設，實踐勞動的生活。

　　詩人無疑是藉描寫雲自況，「地球自轉不息地促使她勇敢健行／走過許多革命中的城市／口號喧囂撼動她垂下雨袖滋潤人民／她以天責使命繼續前行／追尋質量不變的愛」（〈雲從海洋靠向山的偉岸〉）。

　　詹澈在西瓜寮工作之餘，「像蠶一樣吐絲的思路」交織著「紅色思想和綠色理念」（〈雲的思路〉），簡言之，就是關切著勞動農民和孕育百物的土地，他不時思考「什麼才是土地裡不變的意志／和體內不滅的能量勞動」（〈路像入夜後的山谷〉）。

　　做為農民的伙伴，革命的熱情有時還是伺機而動，「明天的遊行／財團和農民都同時要求／公地放

領農地自由買賣／演講時要不要重複說明／GATT和資本主義」（〈星夜的質疑〉）。「農民和資本家」成為扭距的角力場，不易尋求最佳的平衡點，詩人尋求知識的支持力量，是「始終無法看完的資本論」，寧願以勞動，尋求實踐的體會與心得，「但勞動後的思考使我更疲倦」（〈有時會帶一本書〉）。

從《西瓜寮詩輯》我們看到一位詩人從革命青年邁向成熟的農業工作者，其心靈、思考的掙扎和奮鬥。（本文作者為詩人、評論家、台灣筆會會長）

刊於一九九六年六月台灣立報

272

勞動與昇華
──想像的樂趣　　　　　　■李魁賢

　　詹澈不是一位傳統的農民詩人，他基本上是一位
現代知識分子，經歷過大都會的洗禮，有過社會改革
者那樣熱烈擁抱意識形態的時期，但他回到鄉鎮的自
然懷抱，詩人冷靜的美感經驗又改變了他的思考領
域。

　　從自然出發，繞過城市的領域，又回到自然，詹
澈雖然還是時時透露魂牽夢縈「紅色思想和綠色理
念」，但他在詩中，常常出現一些自然的意象，能引發
想像的樂趣。

　　太陽是大自然光和熱的來源，從初民起對太陽便
賦有神性地位，加以崇拜。自然萬物有賴太陽孕育、
成長，在詹澈詩中也出現人格化神性的太陽形象。

　　例如在〈星光和波浪〉裡，開頭就說「**太陽在溪
流上留下石頭腳印**」，可以說是超自然的神蹟，把石頭
視為腳印，但如果以石頭上的陽光反照來視為太陽移
動的腳步，也未嘗不可。可是這樣就固持在人間立場
了。

　　太陽的神性力量還出現在〈風景以外〉，「**太陽伸
展手指／緊緊抓住水蒸氣的髮絲**」，以及〈共犯的對
話〉，「**太陽的餘溫／從鼠蹊向出海口挺進**」，甚至在

〈米飯的幻迷〉中，「頭頂太陽直射肉身為一點／什麼時候太陽才會看見自己的影子」，詩人簡直把自己與太陽重疊為一體。

太陽的主體性，詩人有時把太陽當做客體看待，在〈耳唄〉中，他說「我把手中的工具放在樹下／蹲著看太陽如何被雲／吞進山的口袋裡」。還有純粹做為物象觀察，像在〈河網迷路〉中，吟詠「在出海口／溪河已散開成網狀／太陽補釘似的洞窗／在網路上反射紫烏金色」。

作者與讀者能共享想像的樂趣，是詩傳達知性意義的功能之外，另賦有感性遊戲快樂的效果。（本文作者為詩人、評論家、台灣筆會會長）

刊於一九九六年六月台灣立報

勞動與昇華

──神遊的解放　　　　　　　　　■李魁賢

　　想像不是憑空幻想，而是根據經驗進行明喻、暗喻、換喻、隱喻等等的聯想，而種種比喻都是從觀察世界所得的結果。

　　形似與神似的類比性，原來就存在於世界事物中，詩人不過是以敏銳的心眼加以發覺，用文字加以具體化定型罷了。

　　與太陽剛猛的意象相對立，月亮一向使人有陰柔的感性，這是熱量予人直接的感受。在詹澈的詩裡也有同樣的表現，〈向月光坦白傷痕〉就把月亮塑造為母親、保護者的形象。

　　而與「我被太陽撞擊額壁／布滿紅色精誠」，那種強烈行為相對的是，「慢慢的月光從窗口進來／那飛蛾從我鼻梁岩脊／爬上斷崖額際／月光跟著爬過眼簾」，多麼溫柔而又優雅，甚至於形容為「紙貼般的月亮」（〈黑夜的太陽〉），而「色、聲、香、味踏著月光渡過溪來」（〈篝火相映〉），月亮予人文靜、帶來愉悅的快樂，與太陽的強悍是截然不同的自然現象。

　　詹澈在西瓜寮所觀察的月亮，有相當獨特的意象，當他把星夜視為非常大的桑葉，靜臥山谷的村莊，像是一隻春蠶，昂頭向月亮，而「月亮就是葉片

裡被蠶食的洞／洞四周有一些唾液餘澤」（〈雲的思路〉），描繪出鄉村靜謐夜晚的景象。

　　至於在〈路像入夜後的山谷〉裡，詩人說「月影很像浮貼在山壁的魚貝化石了」，簡直可以說潔癖得微塵不染。

　　想像之所以予人樂趣，是因為在觀察事物當中，可以從現實經驗超脫，獲得神遊的解放。（本文作者為詩人、評論家、台灣筆會會長）

　　　　　　　　　　刊於一九九六年七月台灣立報

西瓜寮下的詩情
——讀台灣詩人詹澈的詩　■古遠清

在北京出版的《海峽詩叢》中（團結出版社一九九五年九月版），詹澈的《海岸燈火》是有獨特藝術魅力的一部。其中第一輯〈西瓜寮篇〉十九首，以對台灣瓜農生活的透視，深深打動了我。作者寫種瓜人「時而揮揮臂膀，掀起斗笠，低頭擦汗」形象的逼真，寫西瓜田風景畫的優美，寫瓜農對大商家「無理剝削」的抗議，寫農人站在西瓜寮門口觀望世界的複雜心態……，這樣的題材，這樣的寫法，使詹澈不愧爲「農民詩人」的稱號。

一九七八年詹澈從軍中退役，回台東和父親實地從事西瓜農務的實踐，這給了他無窮的創作靈感。當他跳出原來的生活圈子，再回頭來觀察自己長期生活過的農村時，他深切感受到的不是個人對部隊訓練、測驗、演習枯燥生活的厭倦，而是農民擔心「如果穀價像地皮一樣高漲」的生活艱難。瓜農「在沉重的貸款下喘息地過活」，不能不引起他極大的義憤。正由於作者用自己獨特的視角寫農村生活，以生活的激情寫出台灣社會貧富懸殊的現象，寫出下層人民的昨天和明天，寫出了勞動人民的喜怒哀樂，詹澈才成爲農民的代言人，才以自己獨特的藝術個性與他人鮮明地區

別開來。

在《海岸燈火》中，詹澈還寫過退休的教授、洗衣的婦人、旅店的女侍，但他寫得最為傳神的還是西瓜寮下的農民。〈苗根與苗頭〉，以西瓜苗喻瓜農，寫他們堅毅、固執的性格，寫他們向上的意志和向上的力量，洋溢著一股樂觀主義精神。全詩有質樸的泥土味，結尾「被晨曦拉長的農夫身影」，給人留下難以磨滅的印象。〈蒼鷹與蒼雲〉，用對比的方法，明寫蒼鷹的凶暴，暗寫「仗劍怒目、睥睨天下」的食肉者。後半段寫「灑下及時的長雨」的蒼雲，暗喻給瓜農帶來和平、幸福生活的善良人士。〈支票和神符〉也是一首好詩，開頭一段不同凡響：

泥沙吸乾了我們滴下的汗水，泥沙吞食了我們施下的化肥，泥沙也將報答我們，以一粒粒成熟的西瓜……

作者用抑揚手法，寫對泥沙的深情，對土地的熱愛，行文有波瀾，構思異常新穎。後面寫「瓜農中憂傷的老婦人」，也很有典型意義。如果不是對農村生活異常熟悉，是寫不出這樣成熟的詩篇來的。〈商標和

影子〉，寫瓜農一大早去遠方引水，作者用歡快的調子寫「我們憂愁的臉」，與〈蝴蝶和好年冬〉以美好的景色襯托「農家的災難」一樣，深得藝術辯證法三昧。〈昨天和明天〉，在花生與米酒的熱氣中寫瓜農對明天的失望與詛咒，富有濃厚的生活氣息。〈今天〉，是《昨天和明天》的姐妹篇。所不同的是，它以強烈的社會性取勝。作者深入生活，對瓜農的思想感情體驗異常深刻，其中「**我們不再是未成熟的西瓜／讓大商家任意敲打**」，可視爲全篇之警策。〈這年頭啊〉寫討論水源的分配，討論工資的瓜農對現實的滿腹牢騷，寫得是那樣眞情意切，那樣感人肺腑。〈早啊，吃飽了沒？〉把中國人最親切最古老的問候化爲詩意的語言，讀之內心有說不清的溫暖。

　　循著詹澈先生筆下的西瓜寮，我們好似看到那濃密的瓜葉下藏著的一粒粒碩大的西瓜；看到挑起一擔擔沉重的西瓜，在湛清的小溪行走的瓜農愉快的神情。這是任憑商人用支票和現金也無法買到的風景畫。〈聲音〉，則把我們領到了遼闊星空下，諦聽廣漠沙地上所傳來的瓜果長大的聲音。這聲音，是那樣眞誠、自然，裡面藏著一種不可抗拒的魅力，與那偷瓜

賊的狂吠聲音形成鮮明的對照。

讀了詹澈的詩，使我們感到：最美的詩篇來自於質樸與真摯的情感，來自於那近乎裸美的境界。在〈日升月落〉中，作者這樣寫瓜農：

> 我們，不斷勞動和休息，
> 被烈日、熱沙，
> 征收了血汗。
> 被月華、清風，
> 撫慰了疲憊的心身。
> 我們，有人是
> 窮人中的窮人。
> 我們不怕豪強，
> 征收我們的血汗。
> 我們不會流出
> 卑屈的眼淚。

面對著用粗糙的雙手照顧瓜苗成長的農民，自然用不著雕飾的語言。詹澈先生的詩，以質樸、沉鬱、情濃取勝。順著詩集一首首品讀，隨處都可觸到一顆深深眷戀著瓜農的執著的心在跳動。詹澈對袒露著黃

色的山脊的感懷，對〈子彈和稻穗〉這對難解方程式
的思索，以及對「為了靈魂一致向善」的向往與禮
贊，都是我這個來自農村的讀者所能感念和神思的。
作為一位愛詩者，沒有比讀到能引起自己共鳴的詩篇
更愉快的了。我為自己在北京舉行的海峽兩岸「台灣
文學研討會」上結識這位新詩友而高興。尤其是大陸
詩壇久未見農民詩人的今天，詹澈的詩，為我帶來一
股新的喜悅。（本文作者為湖北武漢市中南財經大學
台港文學研究所所長，著作評論多種）

　　　　　　　　刊於一九九六年四月台聲雜誌

寫作年表

一九七三年，發表第一首方塊短詩〈星的對望〉於校刊《雙週刊》。陸續發表多首新詩和多篇散文。

一九七五年，在校刊南風（得過全省大專院校校刊優等獎）發表浪漫的寫實敘事詩習作〈阿菊的故事〉。

一九七六年，主編校刊雙週刊和南風，大量發表敘事詩、短詩和散文。同時和羅青、李男、張香華等人出版同仁詩刊《草根》。與李男編輯前六期，爾後遷往台北編輯，由羅青和張香華等人輪流編務，不久停刊。

一九七七年，短詩〈身世篇〉和〈共鳴集〉大部分發表在草根詩刊，少部分發表在幼獅文藝、聯副、中外文學、台灣文藝及其他詩刊。

一九七八年長篇敘事詩〈寫給祖父和曾祖父的詩〉發表於蔣勳主編的《雄獅》。

一九七八年七月〈她不是啞吧〉發表於夏潮雜誌。

一九七八年十月〈而路兩旁的野草還是綠的〉刊於台灣文藝革新號。

一九七九年「春風」發表於自己發行的雜誌《春風》創刊號。

一九八一年二月〈匆匆一瞥苦苓林〉發表於笠詩

刊一〇一期。

　　一九八一年長詩〈老劉的黎明〉發表於大地生活雜誌第二期。

　　一九八一年四月長詩〈土地，請站起來說話〉發表於進步雜誌創刊號。

　　一九八一年〈西瓜寮詩輯〉零星發表於大地生活、暖流、深耕、文季雜誌。

　　一九八一年六月長詩〈大海，請緊緊的擁抱她〉刊於八十年代雜誌。

　　一九八二年長詩〈打直您的腰桿〉發表於亞洲人雜誌。

　　一九八三年二月長詩〈請您息怒〉發表於亞洲人雜誌。

　　一九八三年五月出版第一本詩集《土地，請站起來說話》，蔣勳序（遠流出版社）。

　　一九八五年長詩〈徘徊中山南路〉發表於春風詩刊第三期。

　　一九八六年元月出版第二本詩集《手的歷史》，自序〈摸索的道路〉及附錄〈南村對談〉（春風叢書）。

　　一九八七年發表系列短詩〈西瓜寮詩輯〉於自立

晚報。

　　一九八八年開始寫散文於各報副刊。

　　一九九〇年發表〈野百合〉短詩於自立晚報副刊。

　　一九九二年繼續寫作中斷五年的〈西瓜寮詩輯〉，大部分發表在中國時報人間副刊、中外文學、台灣日報副刊。

　　一九九四年長詩〈悼念二二八及五〇年代〉發表於詩潮詩刊。

　　一九九五年五月出版散文與詩的合集《這手拿的那手掉了》（台東縣立文化中心出版）。

　　一九九五年九月由北京團體出版社出版詩集《海岸燈火》。

　　一九九六年元月至北京參加由台聯會和中國社科院文學研究所及廈門大學台灣研究所舉辦之台灣文學研討會。

　　一九九六年榮獲第五屆陳秀喜詩獎，得獎作品為〈西瓜寮詩輯〉。

　　一九九七年開始創作〈蘭嶼素描〉。

　　一九九八年五月〈西瓜寮詩輯〉榮獲聯合報一九九七年年度詩人。

語言文學類　PG0493

西瓜寮詩輯〔增訂版〕

作　　者/詹　澈
責任編輯/黃姣潔
圖文排版/陳湘陵
封面設計/王嵩賀

發 行 人/宋政坤
法律顧問/毛國樑　律師
出版發行/秀威資訊科技股份有限公司
　　　　114台北市內湖區瑞光路76巷65號1樓
　　　　電話:+886-2-2796-3638　傳真:+886-2-2796-1377
　　　　http://www.showwe.com.tw
劃撥帳號/19563868　戶名:秀威資訊科技股份有限公司
　　　　讀者服務信箱:service@showwe.com.tw
展售門市/國家書店(松江門市)
　　　　104台北市中山區松江路209號1樓
　　　　電話:+886-2-2518-0207　傳真:+886-2-2518-0778
網路訂購/秀威網路書店:http://www.bodbooks.tw
　　　　國家網路書店:http://www.govbooks.com.tw

2011年02月BOD一版
定價:300元

國家圖書館出版品預行編目

西瓜寮詩輯〔增訂版〕/ 詹澈著.-- 一版.
-- 臺北市 : 秀威資訊科技, 2011.02
面; 公分. -- (語言文學類 ; PG0493)

BOD版
ISBN 978-986-221-689-7(平裝)

851.486   99024678

讀 者 回 函 卡

感謝您購買本書，為提升服務品質，請填妥以下資料，將讀者回函卡直接寄
回或傳真本公司，收到您的寶貴意見後，我們會收藏記錄及檢討，謝謝！
如您需要了解本公司最新出版書目、購書優惠或企劃活動，歡迎您上網查詢
或下載相關資料：http:// www.showwe.com.tw

您購買的書名：_____

出生日期：_____年_____月_____日

學歷：□高中 (含) 以下　　□大專　　□研究所 (含) 以上

職業：□製造業　□金融業　□資訊業　□軍警　□傳播業　□自由業
　　　□服務業　□公務員　□教職　　□學生　□家管　□其它_____

購書地點：□網路書店　□實體書店　□書展　□郵購　□贈閱　□其他

您從何得知本書的消息？

　　□網路書店　□實體書店　□網路搜尋　□電子報　□書訊　□雜誌

　　□傳播媒體　□親友推薦　□網站推薦　□部落格　□其他_____

您對本書的評價：(請填代號　1.非常滿意　2.滿意　3.尚可　4.再改進)

　　封面設計____　版面編排____　內容____　文／譯筆____　價格____

讀完書後您覺得：

　　□很有收穫　□有收穫　□收穫不多　□沒收穫

對我們的建議：_____

_____

_____

_____

11466
台北市內湖區瑞光路 76 巷 65 號 1 樓
秀威資訊科技股份有限公司 收
BOD 數位出版事業部

....

（請沿線對折寄回，謝謝！）

姓　　名：_____　年齡：_____　性別：□女　□男

郵遞區號：□□□□□

地　　址：_____

聯絡電話：(日) _____ (夜) _____

E-mail：_____